沖縄戦
最後の証言

おじい・おばあが
米軍基地建設に抵抗する理由

森住卓

新日本出版社

目次

＊島袋さん、平良さん、宮里さん、伊佐さん、古堅さんの証言は、『週刊プレイボーイ』（集英社）の二〇一五年八月三一日号、九月七日号、九月一四日号に掲載された「おじい・おばあが語る『沖縄戦・最後の証言！』」をもとに加筆・修正し、横田さん、城間さん、砂川さんの証言は本書の書き下ろしである。

「おじい」「おばあ」たちの命がけの証言

安倍政権は沖縄県民の反対を無視し、名護《なご》市辺野古《へのこ》や東村高江《ひがしそんたかえ》で米軍基地の建設を強行している。その建設現場である辺野古の米軍基地前と高江のゲート前には、不自由な体を押して座り込む「おじい」「おばあ」の姿がある。なぜ、彼らはそこまでして座り込み、抗議を続けるのか……。

戦後七一年の夏も連日、厳しい暑さに見舞われているなか、県内各地からバスや自家用車でたくさんの人々が駆けつける。「悲惨な戦争を二度と繰り返してはならない」「戦争につながる人殺しのための基地は絶対に造らせない」という強い思いが、座り込みのエネルギーになっている。

沖縄戦とはなんだったのか?

沖縄戦は一九四五年三月に始まった。米軍は五四万人以上の兵力と艦隊一五〇〇隻で包囲。一方、日本軍は一一万人、うち正規軍は約八万五〇〇〇人で、残りは現地召集の補助兵力だった。圧倒的な戦力差。戦う前から勝敗は決まっていたが、大本営は本土上陸を遅らせるために降伏を認めなかった。沖縄は本土の〝捨て石〟にされたのだ。

〝鉄の暴風雨〟と呼ばれた米軍の艦砲射撃。退却する日本軍。すさまじい地上戦が繰り広げられ、日本軍の命令による「集団自決（集団強制死）」など凄惨《せいさん》な事件がいくつも起こった。三か月以上続いた無謀な沖縄戦で、県民の四人に一人に当たる一二万人以上が亡くなった。

この沖縄戦でいったい何が起こったのか？　沖縄戦を体験した人たちの証言を、戦後七一年を経過し最後になるかもしれない彼らの証言を、今、聞いてほしい。

二〇一六年六月

森住　卓

沖縄本島

伊是名島
辺戸岬
辺土名
国頭村
伊江島
与那覇岳
安田
大宜味村
東村
安波
高江
粟国島
名護市
大浦湾
宜野座村
辺野古
うるま市
嘉手納町
沖縄市
慶良間諸島
座間味島
宜野湾市
泡瀬
与那城
那覇港
首里城跡
那覇市
大里大城
渡嘉敷島
玉泉洞
南城市
糸満市
八重瀬町
喜屋武岬
摩文仁の丘
ひめゆりの塔

月桃の花。4月から初夏のうりずんの季節に咲く。71年前にも激しい戦火の中で咲き続けた。この花は沖縄戦で亡くなった人々に思いをめぐらす特別な花だ

命湧く海――辺野古の海。国はこの海を埋め
立てて新基地を作ろうとしている

辺野古新基地
NO
屈しない

オール沖縄の新基地反対の県民大会が開かれた。翁長雄志沖縄県知事は「沖縄はこれまで自ら基地を提供したことはない。あらゆる知事の権限をもってして、辺野古に新基地は作らせない」と挨拶した（2015年5月17日、那覇市）

ALSOK
ALSOK

民間警備会社を雇い、警察と一体となって市民の抗議行動を弾圧する。2014年6月〜16年12月の2年半で陸と海の民間警備会社へ支払った金額は159億円。税金だ（2016年1月15日、キャンプ・シュワブゲート前）

沖縄県警機動隊と警視庁機動隊が市民の抗議行動に襲いかかる（2015年11月11日、キャンプ・シュワブゲート前）

ゲート前に、若いお母さんが子どもたちの手を引いてお弁当を持ってやってきた。大人たちが命がけで守るものは何か？　幼子はしっかり見ていた（2014年8月17日、キャンプ・シュワブゲート前）

キャンプ・シュワブ第3ゲートから大浦湾が見える。ボーリング調査のため大型台船が停泊していた（2015年1月31日）

基地
辺
ALSOK
951

連日抗議の市民の前に立ちはだかる機動隊と民間警備会社の警備員（2015年1月17日、キャンプ・シュワブゲート前）

Lubricants

工事車両の侵入を防ぐため、ゲート前に座り込む市民。機動隊に排除されても非暴力の抵抗は続く（2015年11月11日、キャンプ・シュワブゲート前）

CAPTAIN STAG
FREEDOM VENTURE SPIRITS

真冬の早朝は南国でも冷え込む。6時過ぎから座り込みが始まる（2016年1月20日、キャンプ・シュワブゲート前）

座り込む市民を実力で排除する機動隊。排除されても排除されても座り込む。「あきらめなければ負けていない」というスローガンがゲート前のテントに掲げられている

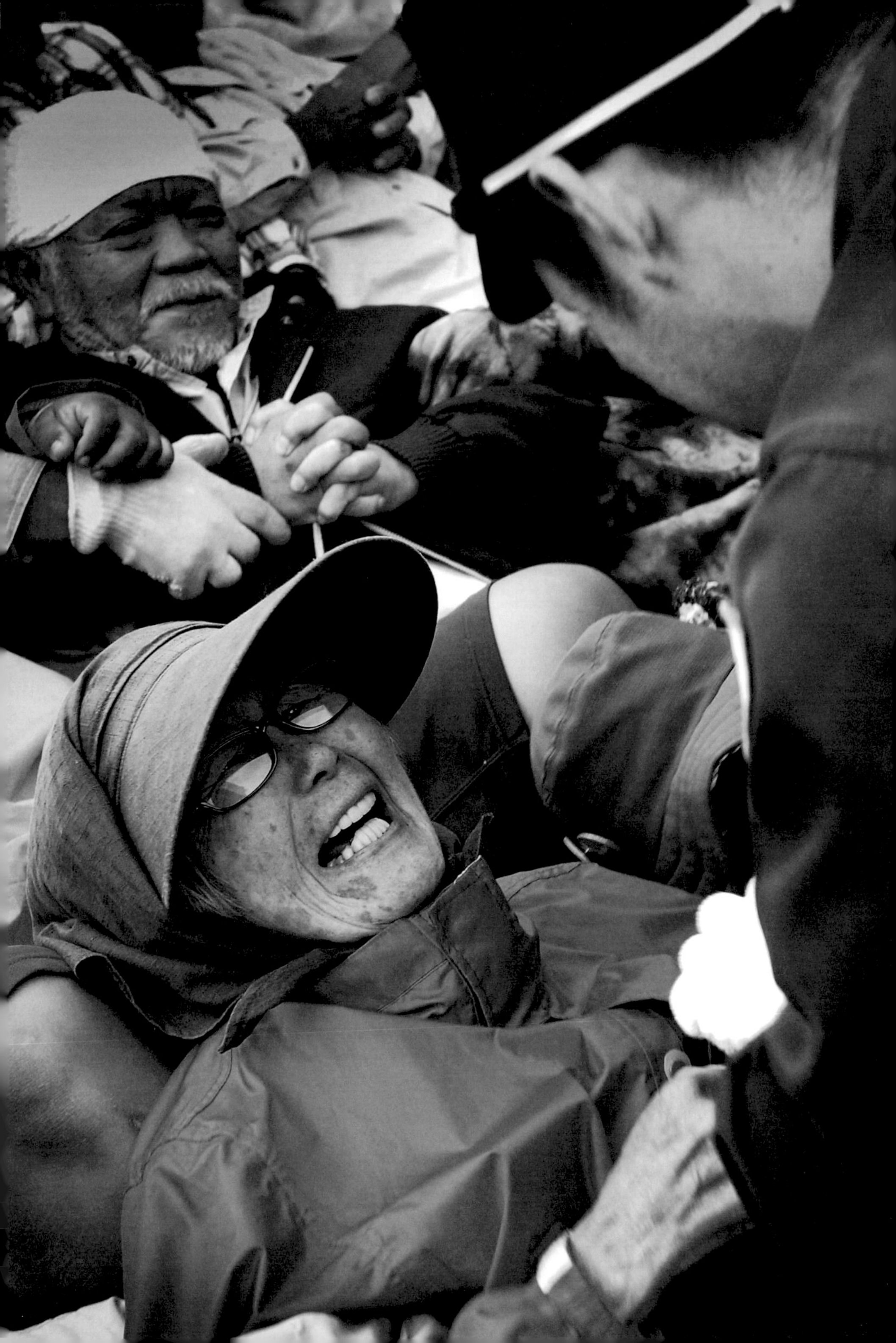

座り込みの市民を次々とごぼう抜きして拘束する警察。警察による人権侵害が日常的に行われている。「ここは日本なのか」と、拘束された市民は怒りをあらわに言う

MINI PRO

座り込みのテントに歌声が響く。歌声は闘いを励まし、心を和ませてくれる。テントには全国からアーティストが支援に駆けつけてくれる（2016年4月25日、キャンプ・シュワブゲート前のテント）

（2015年11月11日）

キャンプ・シュワブゲート前で開かれた県民集会に、地元名護市内から参加した子どもたち（2014年8月23日）

れいな海
子どもたち

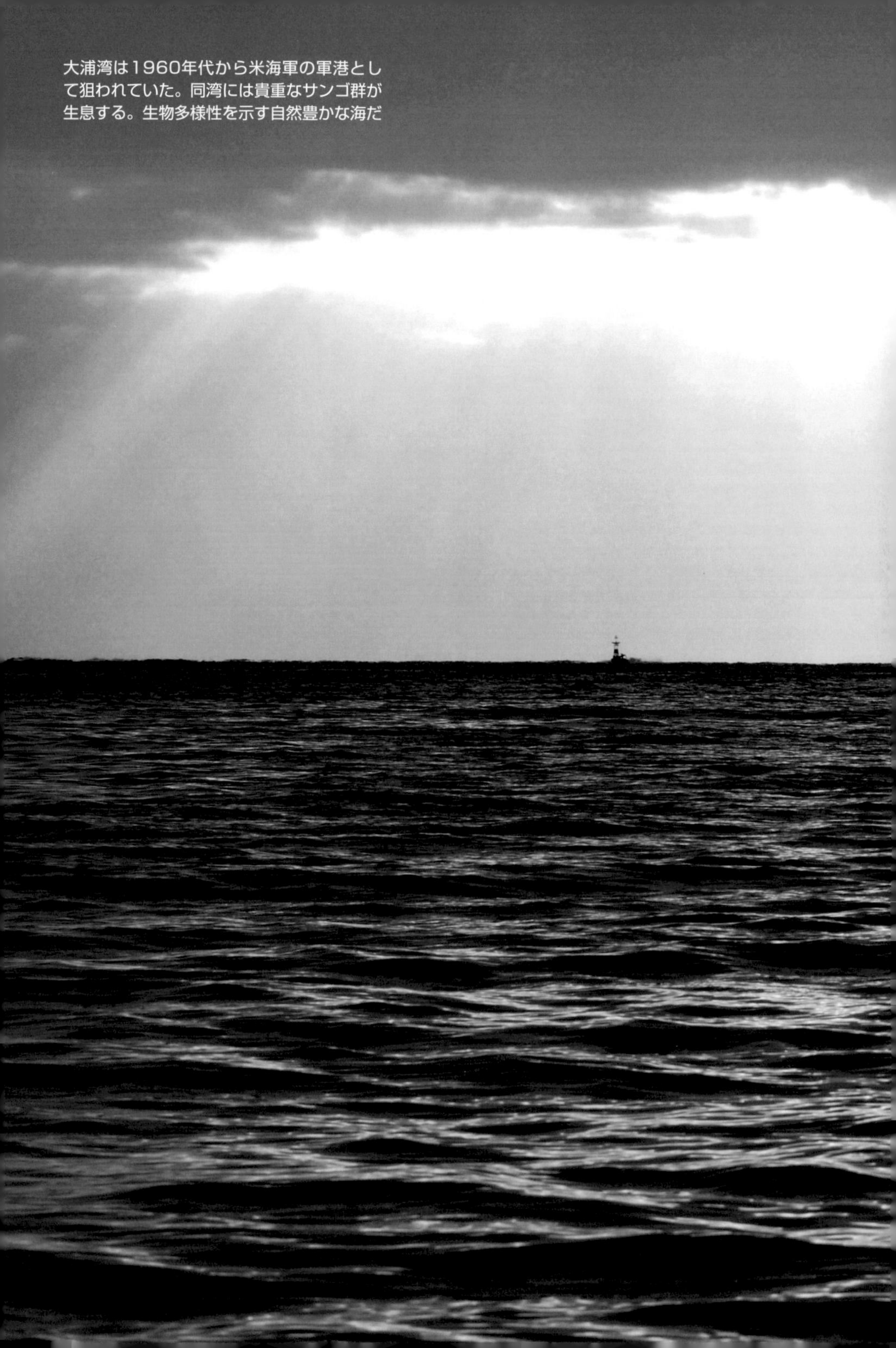

大浦湾は1960年代から米海軍の軍港として狙われていた。同湾には貴重なサンゴ群が生息する。生物多様性を示す自然豊かな海だ

暗闇で飲んだ水は死んだ人の血で真っ赤だった

島袋文子《しまぶくろふみこ》さん（八七歳）

「あたしはね、命からがら壕《ごう》から這《は》い出したんだよ」と静かに力を込めて語る島袋文子さんは、キャンプ・シュワブのゲート前で座り込みを続ける地元・辺野古《へのこ》のおばあだ。座り込みテントには足の悪い文子さんのために専用の折りたたみイスが用意されている。

二〇一四年には工事用資材を積んだトラックが基地に入るのを止めようとして立ちはだかった。県警機動隊に排除されたときに頭を道路に打ちつけ、救急車で運ばれたりもした。過激なおばあだが、その壮絶な人生を知ると、命を張ってまで基地建設を止めようとする理由がわかってくる。

激しい艦砲射撃の中を逃げまどう

一九二九年、後に沖縄戦最後の激戦地となる糸満《いとまん》市で生まれ、小学校一年生のときに父親を亡くした。戦争末期、兄たちは防衛隊などに徴用され、家に残ったのは目の不自由な母と一五歳の文子さん、一〇歳の弟だった。

「艦砲射撃や空襲、機銃掃射が激しくなって、米軍が糸満市にも迫ってきていました。それで母の実家のある与那城《よなしろ》（現・うるま市）に家族三人で避難することにしたんです。昼は艦砲射撃が激しく危険なので壕に隠れて、夜になると移動するんです。でも、夜でも照明弾が上がると昼間のように明るくなる。そうすると、周辺でまた艦砲射撃が始まります。なんとか艦砲射撃から逃れて与那城に着いたときには、もうすでにたくさんの避難民がいて、私たちが逃げ込んだ壕はすし詰め状態でした。そして壕の向かいの家の庭に爆弾が落ちて、その家のおばさんは両足を切断されました。たまたまそこにいた避難民の男の子もやられました。男の子のおなかが裂けて内臓が飛び出していたのを覚えています。でも、誰もその光景をどうすることもできませんでした。自分のことで精いっぱいでしたから」

与那城の艦砲射撃も激しくなったため、文子さんは母親、弟と糸満に引き返すことにする。

「目の不自由な母と弟の手を引いて暗闇の中を歩くのは本当に大変でした。母は少しの食料を頭の上に載せていました。平坦《へいたん》な道路だけじゃなく、畑の中も通りましたが、住民や日本兵の死体がたくさん転がっていました。艦砲や機銃掃射でやられた死体です。

目の見えない母に『お母さん、ここは人が死んでいるからまたいでください』と教えながら死体をまたいで歩かせるんです。腐敗して体内にガスがたまって、パンパンに膨れた

島袋文子さんの左半身には、壕に避難していたときに米軍の火炎放射器で焼かれたやけどの痕が残る

死体を踏まないように進むことは大変でした。艦砲に当たる怖さより、死体を踏むことが怖かった。間違えて踏んでしまうと、猛烈な悪臭がするんです。

ある晩、弟が『水が欲しい、水が飲みたい』と言うので、真っ暗な中を探し回り、砲弾跡にできた水たまりを見つけて、その水を弟にも母にも飲ませました。私も飲みました。

翌朝、明るくなってから見ると、水たまりには住民や日本兵の死体が浮いていました。水は死んだ人の血で真っ赤に染まっていました。暗闇の中で汲《く》んだ水は死人の血が混ざった水だったのです。そのことは母にも弟にも言いませんでした。

糸満に帰る途中、五歳ぐらいの子の手を引いて、もっと小さな子どもをおんぶして逃げている女性がいました。手には荷物を持っていました。そこへ艦砲弾の破片が飛んできて赤ちゃんの首をサッと切り、首が飛んでいきました。真っ赤な血が噴き出しました。あの光景は今でも忘れられません」

そうして糸満に着くまでに、どれくらいの時間を歩いていたのか記憶がないという。

「糸満では三畳ほどの広さの小さな壕に四家族が一緒に隠れることになりました。壕の外から米兵が『デテコイ』と叫びました。あたしたちは『天皇陛下のために命を捨てなさい』『捕虜になったら、男は戦車でひき殺され、女は裸にされて辱《はずかし》めをうける』と教わっていましたから、捕虜になるより死んだほうがましだと、出ていきませんでした。

そうしたら、穴の中に手榴弾《しゅりゅうだん》が投げ込まれました。何人かは亡くなりましたが、私たち

がそれでも出ていかなかったので、今度は米兵が火炎放射器を壕の中に噴射したんです。息もできず、苦しくて、両手を挙げて出ていきました。髪の毛は焼け焦げ、左半身のほとんどがやけどになっていました。そのときに負ったやけどや手榴弾によるケガの痕が、今も私の頭、首、顔、腰、尻、太もも、膝、足まで全身に残っています。

皮肉にも、小さいときから鬼畜《きちく》と教わっていたアメリカ兵が、やけどや傷の手当てをしてくれました。これが日本兵だったら見捨てられていたでしょう。日本兵は住民に銃剣を突きつけて『ここは日本軍が使う』と言って、隠れていた壕から追い出しました。大切な

若い機動隊員を見つめる文子さんの顔は慈悲に満ちていた。沖縄戦の修羅場を生き抜いた文子さんの平和を願う気迫が、若い機動隊員を圧倒する（2015年11月11日、キャンプ・シュワブゲート前）

三線の音と指笛が響けば皆の体が自然と動き出す。闘いは豊かな沖縄の文化に根ざしている。だから強い。86歳とは思えない軽い身のこなしに、周りの人も誘われて踊り出す（2015年6月18日、キャンプ・シュワブゲート前）

食料を日本兵に奪われることも珍しくありません。

壕の中で日本兵と一緒のときは、小さい子どもがいる母親は特に大変でした。

暗くて怖いから子どもが泣くでしょ。すると『泣き声でアメリカ兵に見つかってしまう。静かにさせろ！』と、子どもの口をふさいで窒息死させてしまったこともありました。日本兵は住民を守ってくれませんでした。住民をアメリカへの盾に使っていたのです」

次の世代に伝えなければ

今も辺野古で闘い続ける島袋さんのところには、沖縄戦の体験と米軍基地の話をしてほしいとの講演依頼が各地からある。
「長野県から呼ばれたとき、会場近くの長野市松代《まつしろ》に天皇を避難させるために掘られた大本営の壕が残っていることを知りました。『この壕を掘る時間を稼ぐために、沖縄の私たちは犠牲にさせられたのだ。どうしても見たい』と思い、案内してもらったことがありました。天井が高く、立派な地下壕でした。入り口から五〇〇メートル辺りまでしか入れませんでしたが、その奥に天皇や皇族の部屋、食堂、食料倉庫などがありました。

同じ時期、自分たちは沖縄で食べるものもなく、狭くジメジメした壕にすし詰めになって、死線をさまよっていました。本土決戦に備え、天皇の隠れ家が掘られていたことをあらためて知って、全身に怒りがこみ上げてきました」

平和のための退役軍人会（VFP）の元米兵がゲート前の座り込みに参加した。文子さんはベトナム戦争当時、キャンプ・シュワブで働いていた。この米兵もいたと打ち明けられ、心を通わせた（2015年12月11日）

戦後の一時期、島袋さんは基地でメイドとして働いた。生きるためだ。

「キャンプ・シュワブの将校ハウスの掃除や台所の手伝いなどの仕事でした。英語が片言《かたこと》でもできたので高給をもらえました。でも、ベトナム戦争が始まって、将校が『ベトナムに行く。これはビジネスだ』と言ったんです。その言葉を聞いた途端、沖縄で殺された人たちのことが浮かんで『何がビジネスだ⁉　人殺しがビジネスだと？　ふざけるな！　人殺しがビジネスなんて許されるわけがない！』とその場で荷物をまとめて、仕事を辞めました。以来、基地の仕事はやっていません。

一生にひとつぐらい良いことをやろうと思っていますが、難しいです。私ができることは、基地建設を止めることぐらい。それができたら、今すぐにでも天国に行ってもいいです。思い残すことはありません。でも、この海を埋めるなら、海に入ってでも止めるよ」

キャンプ・シュワブゲート前には今日も、たくさんの県民が集まっている。その中に島袋さんの顔もあった。一度、インタビューの途中で彼女が感情を抑えきれなくなり、取材を中止せざるをえないこともあった。七〇年たった今も、当時の混乱した記憶は整理できていない。つらく悲しい記憶は体験者の頭をかき乱す。沖縄戦のトラウマに苦しめられている。血圧上昇、頭痛、情緒不安定など症状はさまざまだ。

しかし、それらを乗り越え、体験を次の世代に残さなければという強い思いが、おにぎりとおかずの梅干し入り豚肉炒めを持って、今日も灼熱《しやくねつ》のゲート前に向かわせるのだ。

「対馬丸」から助かった私の使命

平良啓子《たいらけいこ》さん（八一歳）

毎週月曜日、「大宜味村《おおぎみそん》憲法九条を守る会」が、オスプレイも使えるヘリパッド（離着陸帯）六基を建設中の東村高江《ひがしそんたかえ》へ座り込みに来る。この会のメンバーに、「対馬丸《つしままる》」の生き残り、平良啓子さんがいる。

日本政府は一九四四年七月、沖縄戦の足手まといになると考え、沖縄の高齢者や子ども計一〇万人を船で疎開させる計画を決定。しかし、すでに制海権を米軍に奪われ、この時期に海に出ることは米潜水艦の魚雷の餌食になる危険が高かった。

国民学校（小学校）の児童八〇〇人以上が乗った対馬丸は、那覇《なは》港を四四年八月二一日に出港した。啓子さん（当時九歳）は家族と、従妹《いとこ》で同級生のトキコさんの六人で乗り込んだ。翌二二日午後一〇時過ぎ、米潜水艦の魚雷が命中し、対馬丸は沈没。一八〇〇人近くの乗船者のうち約一五〇〇人が亡くなった。正確な犠牲者数は今もわからないが、児童の生存率は七%といわれている。

本島北部の山原《やんばる》で生まれ育つ

啓子さんは国頭村安波《くにがみそんあは》に生まれた。

「陸の孤島のような寒村で、薪《まき》を集めたり炭焼きをしたり、あとは漁業。ほとんど自給自足の村でした。父は私が四歳のときに東京に出稼ぎに行き、長男も父を追って東京に働きに行っていました。家には祖母と母、八歳上の姉と小学校六年生の次兄、二歳下の妹、五歳下の弟がいました。

小学校のときは勉強より家の手伝いのほうが大事でした。母が豆腐を作って売っていて、毎朝三時に起きて浜に海水を汲《く》みに行くのが私の仕事でした。海水を豆腐を固めるための『にがり』として使うんです。冬もはだしで、冷たくてとても大変でした。ヤギや鶏の世話も私の仕事でした」

当然、家で勉強する時間はない。その分、「学校では一生懸命、勉強しましたよ」。小学四年生の頃、兄が『教育勅語』を声に出して読んでいるのを横で聞きながら、先に覚えてしまったこともあるという。

そんな啓子さんを戦争は巻き込んでいく。

本土疎開、対馬丸へ

村で本土疎開の話し合いが行なわれたのは一九四四年七月だった。「沖縄玉砕《ぎょくさい》」の可能性があるので、小さな子どもたちは本土へ避難させようというのだ。

「疎開は強制的で、国から何人出しなさいと命令があったといいます。まず、本土に親類のある家庭から行かせることになりました。私は本土への強い憧れもあって、正直、行きたかった。学校で『ちらちらこゆき』という歌は歌っていても、実際に雪を見たことはなかったから、雪が降るのを見てみたかったんです。

わが家からは祖母、長兄の許嫁《いいなずけ》、姉、六年生の次兄と私が行くことになりました。それを知った同級生で従妹のトキコが『一緒に行きたい』と言い出して、トキコの親を困らせていました。『おまえは啓子と同じ家族ではない』とさんざん叱っても聞かない。最後は『勝手にせえっ』と親のほうが根負けしました。

でも、私たちについてきたばっかりに、トキコはもう帰ってくることはないんです」

疎開に行くときは母親が村の外れまで見送ってくれた。四歳の弟をおんぶし、七歳の妹の手を引いて。

「別れるとき、『来年三月にはきっと会えるからね。辛抱するんだよ。我慢するんだよ』って母が大きな声で言っていました。

那覇に着いたのは一九四四年八月二〇日。次の日の午後六時過ぎに対馬丸は出港しました。ほかにも二隻の疎開船と、軍艦が護衛のために二隻ついていました。

PEACE
TAKAE
YANBARU
T-POINT

大宜味村九条の会は毎週月曜日、高江の座り込みに参加する。平良啓子さんは、本土から座り込みの支援にやってきた人たちに自分の体験を話している。特に子どもたちに知ってほしいと、頼まれればどこにでも出かけ、講演する

対馬丸は貨物船ですから、みんな荷物のように押し込められてギュウギュウ詰め。それでも那覇市の学童たちはワイワイ、ワイワイしてましたよ。その日は眠ったかどうかも覚えてないですね。ただ、とにかく臭いし狭い。その船は北京《ペキン》から繭《まゆ》を載せて運んでいる途中だったんですよ。落下傘なんかを作る材料です。それを日本に持っていくついでに、私たちを乗せたって聞きました。

二二日になると台風一五号が発生して、あんまり暑いから甲板に出てみたら、護衛艦がいなくなっていたんです。全部で五隻の船団だったのに対馬丸だけなんです。後ろを眺めても沖縄の島はもう見えなくなっていて、トキコと『寂しくなったねぇ』って言い合いました。『お母さんに会いたくなったさ』って。ふたりとも四年生だから、まだ母親が恋しくって、『来なければよかったねぇ』と、ふたりでこんな話をコソコソ言っていました」

海に引きこまれたトキコ

船底に戻った啓子さんは、様子が変わっていることに気づく。

「みんなが浮き袋をつけて集まってるんですよ。ほかの四隻はアメリカの潜水艦が後ろからついてきているのを知って、慌てて逃げたって。だけど対馬丸はボロで遅いから、狙われてるって。ボーフィン号というアメリカの潜水艦に。もう初めからレーダーに映っていたみたいで。それから船底で私の家族と、安波の人みんなと一緒にまとまってジッとしていました。私とトキコは、おばあちゃんの腿《もも》を枕にして寝てしまいました。すごく疲れていたので、そんな状況でも熟睡でした。

で、夜の一〇時一二分かな、魚雷が当たってボーン！　ボーン！　と大きな音がして目が覚めました。もう船はふたつに割れていて、爆発で人々はみんな飛び散って、燃えて、ワーワーワーワー大騒ぎで、夢なのか幻なのかわかりませんでした。『おばあちゃん、おねえちゃん』って必死に呼んでも、私のそばにいた家族が誰ひとりいないんです。

那覇市内の子どもたちは船首のほうで『怖いよ、怖いよ、おばちゃん助けて。兵隊さん助けて。先生はどこにいるの⁉』って、ワァーワァーワァーワァー泣いていました。

真っ暗なんですよ。真っ暗。一〇時一二分ですから。空は曇っていて、月も出ていません。星の明かりもまったくない。ただ、船が燃えているから、火の周りだけは見えるんです。火の中を『怖いよ、怖いよ』って逃げ回ってる子どもがいっぱいいました。それを、兵隊さんがみんなつかまえて海に投げているんです。海のほうに、どんどん。投げられた子どもたちが生き延びたかどうかはわかりません。あの深い、波の荒いところに投げられたんですから」

そのとき遠くから「啓子、トキコ、早く飛び込め、危ないよ」と、次兄の声が聞こえてきた。

「でも、早く飛び込めどころじゃないんですよ。船はもう沈んでるんです。私は重油がポコポコ浮いている、その中にいるんです。油が鼻やのどに詰まって死んだ人も多かったようです。私は口を閉じてアップアップしていたら、醤油樽《しょうゆだる》が流れてきて、それを引き寄せて、しがみつきました。浮かんで、少し楽になりました。

でもどっちへ逃げれば助かるのかもわからないんです。そこに大波がバァーっとやって来て、女の子が波から飛び出してきたんです。私にぶつかったので、びっくりしてつかまえ、よく見たらトキコなんです。『トキコじゃないの！』って言ったら、トキコが『怖いよ、怖いよ、どうすればいいの、どうしたらいいの⁉ 怖い、怖い』って。

ふたりで醤油樽を抱えて浮いていると、また大波がボォーンとぶつかってきて……。そのときにトキコは手を放してしまったようなんです。そして、海の中に引きこまれてしまいました。やっと見つけたトキコが、波にさらわれて行ってしまった。

暗い海のそこいらじゅうで、助けを求める叫び声や泣き声が響いていました。私はひとりで必死に泳ぎ、対馬丸に積まれていた救助の筏《いかだ》に乗ることができました。それから六日間漂流して、奄美大島《あまみおおしま》の無人島・枝手久島《えだてくじま》に漂着したんです。

わが家で亡くなったのは祖母と次兄。兄の許嫁と姉は救助船に助けられて鹿児島に上陸し、父と兄のいる東京に行きました」

私も犯人……

啓子さんが国頭村安波に戻ったのは、半年後の一九四五年二月末のことだった。

「トキコのお母さんにこう言われました。『あんたは帰ってきたの？』『うちのトキコは太平洋に置いてきたの？』

私が殺したように聞こえるんですよね。トキコの兄弟は対馬丸に乗らなかったから、みんな健在です。だから、すごく心が痛いんです。

だけど、トキコのお姉さんが、『啓子、あんたのせいじゃないよ。これは運だから、うちのお母さんがあんなこと言っても気にしないでいいから』と言って慰めてくれたから、少しは気が楽になりました。

戦争って、生き残った者にもこんな思いをさせるんです。

私も犯人です。戦争を起こしたのは国だから自分は被害者だと思っていたけど、加害者でもあったのか？　そういうふうに思うことがあるんです」

山奥への避難

「三月下旬になると、村でも空襲が始まりました。それで母と私、七歳の妹と四歳の弟の四人は、村から五キロメートルくらい離れた山奥の避難小屋に、食べ物を持って逃げました。塩も味噌《みそ》も油もみんな陶器の壺《つぼ》に入れてあるから重いんですよ。

それをカゴに入れて、暗い山道を転びながら歩いて避難しました。途中、敵の飛行機が飛んでくると、物陰に隠れながら歩いていくんです。そのとき思わず口から出たのが、『お母さん、海で流されるより苦しい』って。後ろからは、上陸してきた米軍がパンパン撃ってくるし。早く逃げないと、やられるし。海よりも怖いって。

その後、母がマラリアにかかって、熱が出てブルブル震えだしました。それを治さないといけないし、食料確保も私にかかってきて、朝の暗いうちから村に降りてイモを探したりしました。もう空襲で私の家は全焼でした。豚もヤギも、みんな機銃で殺されていて、畑にも爆弾が落ちていて。幸い、父と母が前の年の秋に椎《しい》の実をいっぱい拾って保存してあったんです。それを食べました。たぶん煮たんだと思います」

ある日、避難小屋にいた啓子さんたちは村人から、上陸してきた米兵が「皆さん出てこい、出てこい。捕虜にする」と言っていると聞かされた。

捕虜になれば、アメリカの上陸用舟艇に乗せられて、どこかの村に運ばれるらしかった。

「でも母は『啓子は船に乗せない』って。『船（対馬丸）に乗ってやられながらも生きて帰ってきたのに、また船に乗せれば、太平洋にこぼされる』って。それで私たち家族は捕虜になることを拒否して、さらに山奥の避難小屋や岩陰に逃げることにしたんです。

私たちのように山奥に避難した人はほかにもいました。途中でお産をする人もいました。産婆さんなんていませんから、自分ひとりで産んで。それを私は横目で見ていたから覚えています。でも赤ちゃんは亡くなりました……。

その頃、村では若い女性は顔に鍋の煤《すす》を塗って、髪の毛もバサバサにし、わざとボロを着ていたそうです。米兵に捕まったら強姦されると思っていましたから。私たちは山の中で隠れて逃げ回っていたので、それは村に戻ってから聞いた話ですが。

村にペルー帰りのおじさんがいたんですよ。スペイン語で米兵と話をして『米軍は殺しはしない。ほかの村に連れていくだけだ。安心しなさい』と言っているって。それで安心して、捕虜になって船に乗っていった人もいました」

啓子さんの一家は山道をさらに歩き、親戚を頼って辺土名《へんとな》に避難した。

「母のマラリアもようやく治って、熱も下がったので、私は食料を探しに村に戻りました。なんとか畑でイモを見つけると、弟や妹や母に食べさせました。片道一八キロ、往復で三六キロです。でも、とうとうイモもなくなって、もう食べるものがない。弟が泣いてね。栄養失調で、痩《や》せているのにおなかが膨れはじめました。肌は真っ黒になって目も垂れてきた。餓死寸前なのに私は心配するしかできないんです。

そうしたら、村のおばさんが『カエルでもトンボでもセミでも捕って食べさせなさい』って言うから、カエルを捕まえました。おなかを割いて、洗って、串に刺して焼いて。弟と妹が『汚い、汚い、怖い、ダメ』って言って泣き出したけど、『これ食べんと死ぬんだよ』って言って食べさせたんですよ。母も妹も私も食べて。でも食べ慣れたらおいしいんですよね。弟も食べるようになって『カエル、日が暮れたら、よくあっちに出てくるよ』って教えてくれるんです。トンボも捕りました。セミも鳴いているのを、木に登っていってパチッと。それを焼いて食べさせて、それでみんな、なんとか元気になって村に帰りました」

だから教師の道へ

すでに村は全部焼かれ、家もない。隣近所で力を合わせて茅葺《かやぶ》きの小屋を作り、そこに住むようになった。

「母は生前『啓子がいなかったら生きていなかった』とよく言っていました……」

啓子さんは戦後、代用教員になり、その後、通信教育で琉球大学、玉川学園大学を卒業し、教員免許を取得する。教師の道を選んだのは、戦争中の軍国主義教育がいかに怖いものであったかが身に染みていたからだ。

「これからは平和な国になるんだ。そのためには子どもたちの教育が大事だ」

という思いからだった。

「トキコの母に言われた『トキコは太平洋に置いてきたの?』という言葉が今も心に引っかかっています。自分だけが生き残ってしまった。生き残ったところで、うれしくもない……。そう思わせてしまう戦争の後遺症は消えてくれません。

同じ苦しみを子どもたちに体験させたくない。だから、どこへでも出かけて子どもたちに平和の語りをしています。これは私の使命です。二度と戦争を起こしてはいけない。戦争のための基地は絶対造らせない。そのために高江に行くんです」

夏になると毎年、繁殖のために辺野古沖の平島にやってくるアジサシ。ここ数年、その数が激減している

「集団自決」生き残りだから戦争はイヤなんだ

宮里洋子《みやざとようこ》さん（七六歳）

二〇一四年九月九日、大潮の日。辺野古《へのこ》の海はリーフ（サンゴ礁の内海。沖縄では「イノー」と呼ばれる）で浅瀬ができるほど潮が引いた。干潮時間に合わせて、一斉に市民が海に入って、埋め立てボーリング調査に抗議した。そのとき、警備にあたっていた若い海保隊員に、

「私は『集団自決』の生き残りだ、もう二度と戦争はイヤだ」

と語りかけている宮里洋子さんの姿があった。

座間味島の「集団自決」

洋子さんの両親は、座間味《ざまみ》国民学校の教頭と教師をしていた。お国のために死ぬことが美徳とされた時代。米軍上陸直前から、父は教頭であるにもかかわらず、座間味に駐屯していた海上特攻隊第一戦隊・梅沢裕隊長と共に行動し、壕《ごう》を回って「みんな何をしている、

早く自決しないか」と言っていたという。そのため生き延びた住民から戦後、恨まれていたそうだ。

「座間味島など慶良間《けらま》諸島に配備された海上特攻隊は、本島に押し寄せる米軍艦船に背後から特攻攻撃を仕掛ける部隊でした。慶良間の島々は日本軍の秘密基地だったんです。座間味の島民は日本軍と一体となり、特攻艇を隠す壕掘りや塹壕《ざんごう》掘りを強制されました。そして、軍の機密を知ってしまった住民は日本軍から監視され、島外に出る自由も奪われました。

慶良間諸島の秘密特攻基地の情報をつかんでいた米軍は、沖縄本島上陸の数日前から慶良間諸島へ攻撃を開始し、座間味島に上陸したのは一九四五年三月二六日でした。

四方を海に囲まれた小さな島で逃げ場を失った住民は、自決用に日本兵から配られた手《しゅ》榴弾《りゅうだん》やカミソリ、鎌、農薬、ネズミ駆除の毒薬などで妻を、子を、弟を、母を、肉親を次々と殺していったのです。いわゆる凄惨《せいさん》な『集団自決』です。そのとき私は四歳だったので記憶にはないのですが、母の話では、壕には母と姉と弟で避難しました。同じ壕には座間味国民学校の校長先生夫妻、音楽の先生など数家族が避難していたそうです」

宮里哲夫さんの証言から

洋子さんと同じ壕に避難し、「集団自決」の現場を体験した宮里哲夫《みやざとてつお》さん（当時一〇歳）

辺野古新基地建設現場の海で海上保安庁の隊員に、「集団自決」の生き残りだと話す宮里洋子さん。この基地ができたら日本が再び海外へ出撃していくし、沖縄が再び戦場になると反対している

海上

は、二〇〇七年頃、歴史教科書から「集団自決が日本軍の命令や強制によって起こった」ことが削除されるのを知り、「集団自決」の真実を子どもたちに話しておかなければと思い、修学旅行生などに語ってきていた。

哲夫さんは二〇一四年に亡くなったが、二〇〇八年当時の哲夫さんのインタビュー(『沖縄戦「集団自決」を生きる』森住卓著、高文研)から、そこで何が起こったのか、要約してみたい。

一九四五年三月二六日、慶良間諸島を包囲していた米軍は座間味島に上陸を開始した。宮里哲夫さんは母親や姉と一緒に、日本軍が弾薬庫として掘った壕に逃げ込んだ。中は座間味国民学校の先生やその家族、近所の人たちでいっぱいになっていた。

哲夫さんとお母さんとお姉さんの三人は入り口付近に座り込んだ。哲夫さんの目の前には国民学校の校長先生夫妻が座っていた。

「アメリカが上陸したことを知った校長先生は、『いよいよですね。天皇陛下万歳をしましょう、身を整えてください』と言って万歳三唱をしました。

それから〝自決〟用に軍が住民に配った手榴弾が壕の奥で爆発しました。耳をつんざく爆発音と、もうもうと立ち込める煙で息が苦しくなりました。奥からうめき声や悲鳴が聞こえてきました」

小さい頃の記憶があるわけではないが、夜中に怖い夢を見て大声を上げることがある。不眠、唾液の異常分泌、頭痛などの症状が起こる。戦争中の整理されない記憶は、今も宮里さんの心身をむしばんでいる

壕の入り口近くにいた哲夫さんと母親と姉は無事だった。

「『捕虜になったら日本人の恥、米軍に捕まれば、男は八つ裂きにされ戦車に引き殺される、女は辱めを受ける』と日本軍から教え込まれていたので、自決することしか頭にない母は、米軍に捕まる前に『私たちを先に殺してください』と校長先生に懇願していました。校長先生夫妻も入り口付近にいたので無事だったのです。

校長先生はじっと目をつむり、鞄《かばん》からカミソリを出し、隣に座っていた奥さんの首を切り始めました。奥さんの首のあちこちから血が噴き出しました。奥さんが『まだですよ、

PTSDの症状は辺野古に通い始めてからよくなってきたという

まだですよ、お父さん、まだ死んでいませんよ』と言いました。校長先生は目をつむりながら切っていたので急所をうまく切れなかったのです。

何度もカミソリを引いているうちに、奥さんの声が聞こえなくなりました。呆然としていた校長先生は自分の首にカミソリをひと振りしました。『シュッ』という血が噴き出る音とともに、向かいに座っていた私の体に血が降りかかってきました。あのときの生温かい血とそのにおいは今もはっきりと記憶にあります」

記憶の深いところに残る恐怖感

そのとき、洋子さんの母も弟と姉の首をカミソリで切ったが、怖くなった洋子さんは「死にたくない」と叫んで壕を逃げ出したという。母や姉、弟も生き延びたが、首にはそのときの傷痕がずっと残っていた。

「座間味には、傷を隠すために、戦争が終わった後も首に布を巻いている人がたくさんいました。座間味島の『集団自決』では一七七人が亡くなりました。肉親同士が殺し合うこの凄惨な事件は、小さな島内では誰もが知っていたことでした。しかし、ずっと誰もが口に出してはいけないタブーになっていたんです」

前述のように、当時四歳だった洋子さんには壕の中の記憶はない。しかし、そこでも恐怖感は記憶の深いところに残っているようだ。それは今でもよみがえり、不眠、動悸《どうき》、頭痛、過剰な唾液分泌など、さまざまな症状が現れるという。

「実は私は辺野古《へのこ》にあまり関心を持っていなかったんですが、気づいたら（辺野古に）通うようになっていました。座間味島でのつらい話も、辺野古に行くようになってから話せるようになりました。二度とあの戦争を繰り返してはならない。戦争で物事を解決する時代はもう終わりにしてほしい。辺野古の新基地は、米軍がいなくなったら日本が使うんじゃないかしら。だから民意を無視して強引に造ろうとしているんだと思う。

安倍さんが国会で通そうとしている集団的自衛権の行使ができ、〝戦争法〟ができたら、辺野古の基地は日本の海外への出撃基地になる。そうしたら、沖縄はまた戦場になる。辺野古には絶対に基地を造らせません」

今も自分を責めて眠れない夜がある

伊佐真三郎《いさしんさぶろう》さん（八六歳）

辺野古《へのこ》から北に車で約一時間走ると、東村高江《ひがしそんたかえ》に着く。米軍北部訓練場の中に、高江の集落をぐるりと取り囲むように、垂直離着陸機オスプレイが使用できるヘリパッド六基の建設工事が進んでいる。住民は二〇〇七年から一日も休むことなく二四時間、ゲート前で反対の座り込みを続ける。

そのうちのひとり、伊佐真三郎さんは一四歳のときに当時住んでいた沖縄市泡瀬《あわせ》で沖縄戦を体験した。

志願兵審査で不合格

「国を守るために海軍少年志願兵に応募しようと、友人と誓いの入れ墨をしました」

腕には「土」という文字が今もはっきり残っている。「死ぬときは海じゃなく、土の上で死のう、みんな生きて帰ってこよう」という意味だった。

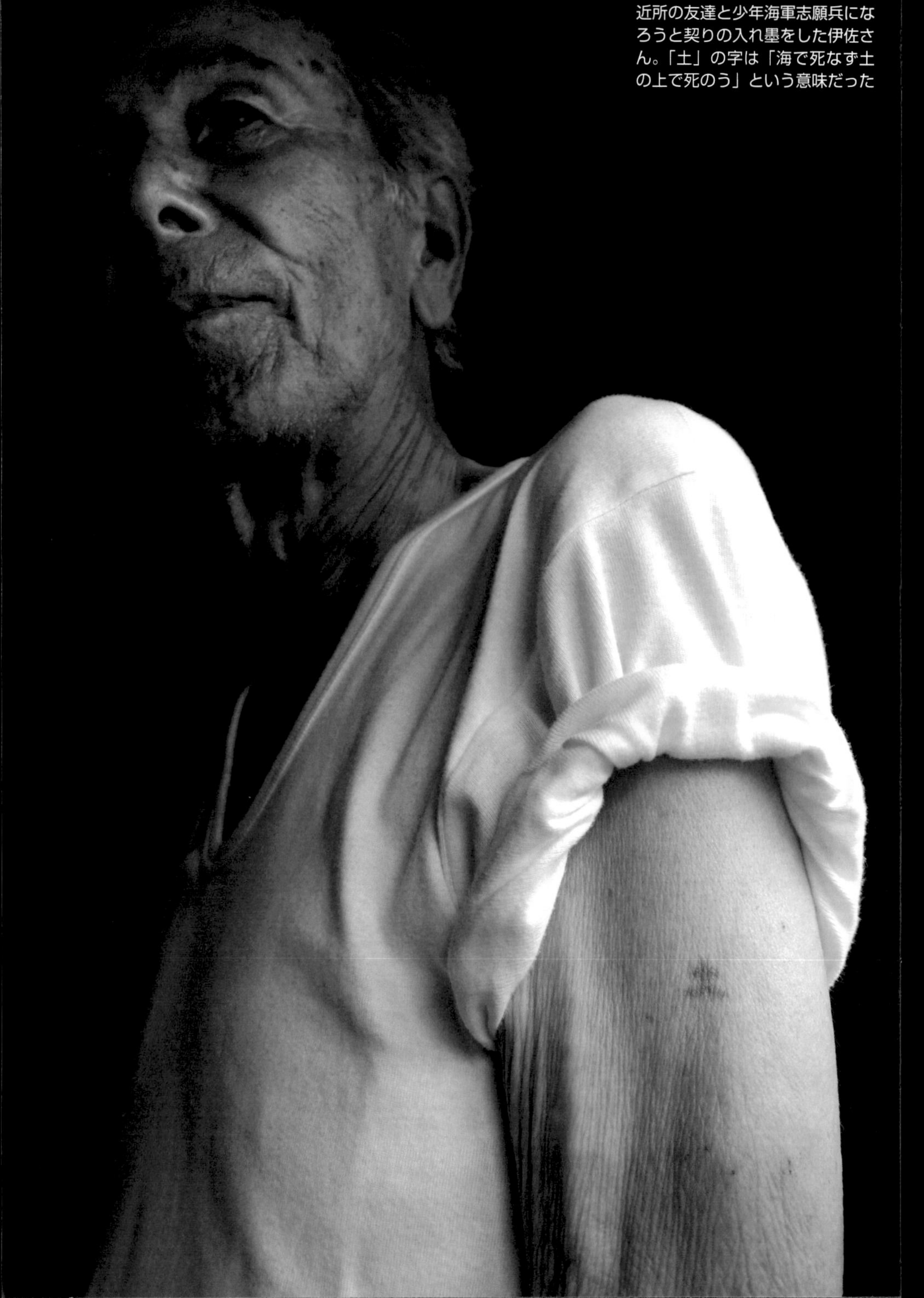

近所の友達と少年海軍志願兵になろうと契りの入れ墨をした伊佐さん。「土」の字は「海で死なず土の上で死のう」という意味だった

「でも、志願兵審査の最終の健康検査で目が悪くて不合格になり、海軍に入ることはできませんでした。このとき軍医が検査表に『トラコーマ』という字を書いたのを見ました。海軍の採用条件で目の健康状態は重要だったんです」

眼病の者が応募したことに腹を立てた軍医は、審査官の将校の目の前で「このバカ者ー！」と言いながら、痩《や》せ細った伊佐さんを背負い投げで投げ飛ばした。

「戦後、『自分の目はどうなっているんだろう？』と眼科に行ってみたのですが、なんの異常もありませんでした。あのときの軍医の診断はなんだったんでしょう？『バカ者ー！』と叫んで投げ飛ばしたのも、私を合格させないための演技だったのかもしれません。もしかすると不合格になるように母が手を回していたのかな……。

家に残っている男は私だけでしたから、母はなんとしても私に生き残ってほしいと思っていたのでしょう。疎開船『対馬丸《つしままる》』で疎開させようと申し込んだのも母でした。しかし、出発の前夜、私は『家族を守るために僕は行かない。死ぬときは家族と一緒に』と断ってしまったんです」

そして沖縄戦が始まり、家族が暮らす沖縄市泡瀬にも激しい艦砲射撃が降り注ぐようになる。

「戦争中、米軍が上空から撮影した泡瀬の写真がありますが、波止場近くに材木が並べられ、子どもたちが海に飛び込んで遊んでいる姿が見えます。当時、ヤンバル（本島北部の

米軍が沖縄上陸直前に撮影した泡瀬の写真。荷揚げされたヤンバルからの木材が積まれている。10・10空襲で後方の住宅地は焼け、空き地になった。『泡瀬村創設百周年記念誌』より

森林地帯）から木材や薪《まき》、炭などの燃料を運び込むには海路を使っていました。泡瀬は那覇《なは》など南部に材木を運ぶための集積港で、周辺ではいちばんにぎわいのある町でした。

沖縄戦の前の年の一九四四年一〇月一〇日、那覇市は米軍艦載機の空襲で壊滅しました（一〇・一〇空襲）。そのとき、数機の米軍機が泡瀬にも飛来し、港に停泊していた日本軍の機雷敷設船が撃沈されています。

私はそれを木に隠れて見ていました。でも、そのときはまだ米軍が上陸するとは思ってもいませんでした。その頃すでに国民学校（小学校）の授業はなく、塹壕《ざんごう》掘りやアメリカの戦車を落とす穴を掘る作業をさせられていました。

お国のために戦って死ぬことだけを考えていたんです。当時はそんな教育でしたから」

赤ちゃんを見捨てて

一九四五年四月になると、泡瀬にも米軍が迫ってくる。

「家族、親戚でヤンバルに逃げることにしました。しかし、泡瀬を出たあたりで橋が壊されていて川を渡ることもできず、ヤンバルに逃げることを断念せざるを得ませんでした。そして『死ぬなら家族一緒に』という思いから、先祖が眠る墓に隠れることになったんです。沖縄の墓は大きく立派なものが多く、隠れるには絶好の場所なんですよ。しかし、泡瀬は海沿いなので墓がなく、少し離れた高原《たかはら》（現・沖縄市）、比屋根《ひやごん》（同）などの墓に逃げ込みました。

激しい艦砲と米軍機の機銃攻撃から逃げる途中、赤ちゃんを抱いて逃げる母親と出会いました。母親は足に大ケガをしていて、赤ちゃんを道端に置くと、自分は川に身を投げてしまいました。置き去りになった赤ちゃんが、泣きもしないで草の中からじっとこちらを見つめているんですよ。いま思うと、艦砲か機銃で足をケガした母親はもう逃げ切れない、ダメだと思ったのでしょう。

赤ちゃんを道路脇の草むらに置けば、米軍機のパイロットからも見える、米軍でも赤ちゃんひとりだけなら撃たないだろう。もし母親が抱っこしたままでいれば、米軍機からは赤ちゃんが見えず、母親と一緒に攻撃され、赤ちゃんも助からない。子どもだけでも助けたいという母親の思いだったんじゃないでしょうか。

私たちは、その赤ちゃんを草の中に置き去りにして逃げてしまいました。でも、そのときは申し訳ないとか、かわいそうとかいう感情は湧きませんでした。とにかく自分たちだけで逃げるのが精いっぱいでしたから。

しかし、戦後になって、『どうして赤ちゃんを助けてあげなかったのか?』と自分を責めてしまいます」

「誰だって自分のことで精いっぱいだったんだ」と言い聞かせてみるが、今も、草の間から赤ちゃんがこちらを見つめている夢を見るという。

「戦争が終わって、行方不明になっていた上の兄は中国戦線で戦死、二番目の兄はサイパンで斬り込み隊に入って戦死したことがわかりました。男は私ひとりなので母からは大事にされましたが、妹からは妬《ねた》まれましたね。海軍志願兵になった友達も、対馬丸に乗った近所の人も、誰も戻らなかった。

ある日、海軍に行って戻ってこなかった友達の家の前を通ったとき、彼の父親が私を見るなり、玄関をバタンと閉めてしまいました。それ以来、友達の家の前を通るのが怖くなってしまいました」

伊佐さんは、今も自分を責めて眠れない夜がある。

「なぜ自分は生き残ってしまったのか」

ゲート前に座り込みに来る若者に、伊佐さんが口癖のように言う言葉がある。

「絶対に戦争をやってはいけない。戦争をやる者は愚か者だ。バカ者だ。金儲けのために戦争をやるなんて」だ。

時々、自分の体験も話す。しかし、つらい話をするのはしんどい。沖縄戦について語る伊佐さんからは島酒《しまざけ》（泡盛《あわもり》）のにおいがする。アルコールの力を借りなければ話ができないのだ。

「この闘いは、絶対暴力を振るってはいけない。暴力は戦争につながる。だから非暴力で通すこと。機動隊にやられてもじっと我慢してね」

と目を細めながら優しく静かに話す伊佐さんだが、今も整理がつかないまま戦争の記憶を抱え込んでいる。

特高警察に連れ去られた父

そんな伊佐さんには、父親の記憶があまりない。子どもの頃、父と顔を合わすことが少なかったせいだ。数少ない記憶のなかで鮮明に残っているのは、先に記した一九四四年の一〇・一〇空襲の前日のことだ。

夜、父が友人三人と机に花札を広げながら、何やら秘密めいた会議をしていた。それを隣の部屋からのぞき見していたら、突然、中型トラックに乗った警察官が何人も、どやどやと入ってきた。父と友人たちは両手両足を縛られ、軍人がよく着るトンビ外套《がいとう》を着た男に無理やり引っ張られていった。警察官は嘉手納《かでな》署の者だったらしいと、後で隣近所の人から聞いた。

その後、二度と父は帰ってこなかった。戦争が終わってしばらくして、戦前の治安維持法の「特高（特別高等警察）」による連行だったのではないかと聞いた。今でも父の所在はわかっていない。これも戦後わかったことだが、どうやら伊佐さんの両親は反戦活動をしていたらしい。

伊佐さんの息子の真次《まさつぐ》さん（五四歳）は、米軍北部訓練場へリパッド建設に反対してゲート前で座り込み、通行妨害で国に訴えられたことがある。二〇一三年六月、高等裁判所は沖縄防衛局の訴えを認め、仮処分の決定を下した。

しかし、判決を聞いていた伊佐さんは「殺されないならよかった」と言った。特高に引っ張られて帰ってこなかった父のことを思い出したのかもしれない。

子どもたちにも語らなかった慰安所の存在

伊佐さんの記憶に残っている話をもうひとつ。

戦前の泡瀬の町の外れに日本軍が駐屯していた。駐屯地の近くには料亭が二、三軒あっ

家族や親戚と墓で。親戚の経営する遊郭の慰安婦も一緒に写っている（撮影年月不明、伊佐真三郎さん提供）

た。どこも日本兵の慰安所になっていた。伊佐さんの親戚も「アブガドー」という屋号の料亭（慰安所）を経営していた。そこでは朝鮮半島から連れてこられた女性たちが四、五人働いていた。

一三歳だった伊佐さんは、その料亭によく遊びに行き、そこのお姉さんから三線《さんしん》を教えてもらっていた。色白で、いつも白粉《おしろい》の匂いがするとても優しいお姉さんだった。

二階には毎日四〇、五〇人の兵隊が並んで順番を待っていた。あるときおかみさんが、三線を教えているお姉さんに「早く二階に上がりなさい」と言った。お姉さんは「今日は痛いから休みたい」と言ったが聞いてもらえず、二階に姿を消した。着物の裾から見えた奥のほうが真っ赤にはれていた。少年の伊佐さんには意味がわからなかった。ただかわいそうだと思っていた。

戦後、伊佐さんの母親が、朝鮮半島から帰ってきた親戚のおじさんから、彼が戦時中に朝鮮で何をしていたのかと聞いた。警察官だったおじさんは、若い娘を探して捕まえ、日本に送っていた。娘の父親が「助けて」と言っても、銃を突きつけて脅して無理やり連行したと、得意げに言っていたという。

伊佐さんは「そうだったのか、三線を教えてくれたお姉さんはそうやって連れてこられた慰安婦だったのか。なら、もう二度と三線は弾かない」と、持っていた三線を壊してしまった。「彼女らは慰安婦だったのでしょうか。母は私には言葉を濁していましたが……」

伊佐さんは、親戚の家が慰安所だったことを子どもたちにも語らなかった。この話を語り始めたのは、ヘリパッド反対の座り込みが始まった前後からだ。

「国が従軍慰安婦の強制連行を否定したことが許せなかったのでしょう。その頃から少しずつ話をするようになった」と、息子の真次さんは言う。

八〇歳を過ぎてから伊佐さんは、家族に、韓国に行きたいと言うようになった。

「どうしても、慰安婦にさせられた人たちに会って謝りたい。あのとき助けてあげられなかったことを謝りたい。申し訳なかった、と」

日頃穏やかな伊佐さんがこのときだけは厳しい目つきになった。


植民地となっていた朝鮮の女性たちについては、もうひとつ記さなければならないエピソードがある。

戦後、泡瀬の伊佐さんの家の前に一台の米軍ジープが止まった。中から朝鮮の女性たちが降りてきた。

母は結婚前、大阪の紡績工場で働いていた。その工場には朝鮮から連れてこられたたくさんの少女がいた。過酷な労働条件のもとで働かされていた彼女たちの相談に乗っていたらしい。ジープから降りてきたのは彼女らだった。大阪で助けてもらったお礼にと、当時の軍票《ぐんぴょう》（米占領軍が発行した貨幣）や米ドル札を置いて行った。彼女たちの感謝の気持ちがよくわかり、伊佐さんは今も大切に保管している。

伊佐さんはどんな人も差別しない。弱いものを一番に思っている。だから子どもたちが大好きだ。そんな優しさは母親から受け継がれたのかもしれない。

受け継がれる平和の願い

二五年前に伊佐さんは泡瀬を離れ、本島北部の東村高江に移り住み、木工所を始めた。木材が豊富である上に、工場の騒音や埃《ほこり》で近隣に迷惑をかけることのない場所だ。

「これからは緑豊かなヤンバルで静かに暮らすことができる」

木工の仕事も息子の真次さんに任せて、ゆっくり過ごしたいと思っていた。ところが二〇〇七年、北部訓練場の高江集落を囲むように、米軍ヘリパッドの計画が明らかになり、黙ってはいられなくなった。

反戦活動を行なっていた父親、朝鮮の女性たちの相談に乗っていた母親。その平和を願う血は伊佐さんに受け継がれ、さらに息子の真次さんに受け継がれている。真次さんは今、「高江へリパッドいらない住民の会」のテントに座り込み、二〇一四年九月、ヘリパッド建設反対、北部訓練場の全面撤去を掲げて村会議員になった。

平和を願う血は三世代に引き継がれている。

北部訓練場から県道70号線に出てきた訓練中の海兵隊の兵隊。ここは子どもの通学路でもある（2015年6月27日、東村高江）

市街地上空を超低空で飛ぶ米軍のC131
輸送機（2014年1月24日、宜野湾市）

海兵隊の水陸両用乗員輸送装甲車がキャンプ・シュワブの浜で上陸演習を始めた（2016年1月28日）

抗議船平和丸の目の前で訓練を始めた米海兵隊の水陸両用乗員輸送装甲車。砂地の海底にはジュゴンのえさとなる海草が茂っており、工事の始まる直前までジュゴンが食べていたことを示すはみ跡が残っていた（2014年7月23日）

#「死んではいけない」という
師範学校長の言葉を生きる力に

古堅実吉《ふるげんさねよし》さん（八七歳）

毎週水曜日、辺野古《へのこ》と東村高江《ひがしそんたかえ》にバナナを持って、激励の座り込みに来る老人がいる。古堅実吉さん（元日本共産党衆議院議員）。古堅さんは戦前の沖縄師範学校（官製の教員養成学校）一年生のときに沖縄戦を体験した。

沖縄師範学校に入学

古堅さんは沖縄本島北部のヤンバルにある国頭村安田《くにがみそんあだ》で、一九二九年に農家の四男として生まれた。父が腸チフスで早く亡くなり、借金を抱えた母が朝から晩まで働いて育ててくれた。国民学校高等科（中学校）を卒業後、沖縄師範学校に進むことができたのは、学費と生活費が官費で賄《まかな》われるからだった。

「小学校に入ると同時に軍国主義教育が徹底して行われた時代でした。日本は東洋平和のためにどんなにいいことをやっているか、日本が頑張っていなければどうなるのか？　ウソの大義名分で人をだますんです。

今、安倍内閣が言っている『積極的平和主義』と同じ、ウソの大義名分ですよ。当時も平和の名においてアメリカと戦争するというわけです。まわりの男子はみな兵隊志願でした。でも私は先生になりたくて上の学校に行ったんです。

面接で『尊敬する人は？』という質問がありました。両親か？　担任の先生か？　といろいろ考えましたが、とっさに思い直して『はい、大舛《おおます》（松市《まついち》）大尉です』と答えたんです。与那国《よなぐに》出身の軍人です。ガダルカナル島（南太平洋ソロモン諸島最大の島）の戦い（一九四三年）で戦死した、軍神と言われた大舛大尉に続けと学校で教わっていましたから。

幸い合格して、一九四四年四月に入学しました。しかし、まともに勉強したのは一学期だけでした。二学期が始まった九月からは、陣地構築などの作業の毎日でした。

最初の作業は小禄《おろく》（現・那覇市）の海軍飛行場でした。請け負っていたのは、今も沖縄の大手建設会社である『國場組《こくばぐみ》』です。『國場組』は戦中は軍の手先になり、戦争が終わってからは米軍の手先になり、今日ではまた日本政府の言いなりになっています。

天久《あめく》（那覇市）の高射砲陣地、識名園《しきなえん》の陣地構築、壕《ごう》や塹壕《ざんごう》掘りなどもしました。軍司令部壕も掘らされて、最下級生はトロッコに掘り出した土を入れて運ぶんです」

沖縄師範学校は首里城《しゅりじょう》の北側にあり、沖縄に置かれた第三二軍司令部も首里城の近くにあった。

「県都那覇の町がほぼ壊滅させられた『一〇・一〇空襲』（一九四四年一〇月一〇日）も首里城の高台から見えました。もう沖縄中が大騒ぎで、一年生だけ実家に帰れと命令が出ました。国頭村に帰る道はたくさんの避難民で混雑していました。わずかな荷物しか持たず、子どもたちは裸足《はだし》でね。テレビでみるイラクやシリアの難民の姿と同じですよ。惨めなもんです。

いったんは国頭村に戻りましたが、一〇・一〇空襲以後、攻撃がなく、状況も安定してきたので、首里に引き返しました。しかし、翌四五年二月、硫黄島《いおうとう》が陥落。いよいよ米軍が沖縄を狙っていることがはっきりしてきて『また情勢が緊迫した。一年生は親元に帰しなさい』ということで、国頭村まで歩いて帰りました」

四五年一月になると、米軍機は港の船や陸上の車なども散発的に攻撃するようになっていた。バスなどまともに運行することができなくなり、港に積んであった食料も燃えてしまうなど大打撃を被っていた。

「本格的な戦闘がもうすぐだと実感したのは、国頭村安田の上空にも米軍機がちょいちょい来て爆撃していくことからです。三月に入ってからは山の中に避難小屋を造って、そこに食料を運び込んでいました。

三月一四日に再び学校に戻るよう連絡が来ました。村を出発したのは三月一六日でした。

いつもは玄関先で見送ることしかしない母が、四キロメートルも山道を歩いて送ってくれて、普久川《ふんがわ》を渡る手前で別れの言葉を交わしました。母は『命《ぬち》どぅ宝ど（命は宝だよ）』と言って、ギュッと私の手を握り締めていました。

米兵によるレイプ未遂事件に抗議して海兵隊司令部のキャンプ・フォスターゲート前に座り込む古堅実吉さん（北中城村2016年4月6日）

普天間基地
オスプ

高江の座り込みに来た支援者に沖縄の歴史を
講義する古堅さん（2013年4月3日）

辺土名《へんとな》の知人の家に泊めてもらい、今でいうヒッチハイクで那覇行きの車を探しましたが、二日待っても見つかりませんでした。結局四日間かけて歩いて、首里の師範学校に着いたのが三月二二日の晩でした。翌日から本格的な空襲が始まりました。

それから四日ほどして米軍は慶良間《けらま》諸島に上陸、四月一日には本島に上陸しましたが、本格的な空襲の始まった一九四五年三月二三日が、沖縄戦の始まりだと私は考えています。三月三一日の朝、同級生が『那覇沖には軍艦がいっぱいだよ』と言っていました。首里城の高台から見た那覇沖は、本当に軍艦でいっぱいになっていました。水平線が見えないくらい海面が軍艦で埋まっているんです。いよいよ袋のネズミにされたなという思いでした。沖縄全体が取り囲まれていると思いましたね。これでおしまいだなあって」

鉄血勤皇師範隊隊員として

米軍上陸前夜の一九四五年三月三一日、軍命により師範学校の生徒と教師による「鉄血勤皇師範隊」が結成された。

「私たち下級生は自活班として、食料の確保などの仕事をさせられました。夏物の半袖半ズボンの軍服と戦闘帽が支給され、二等兵の扱いで、日本軍司令部壕の発電機用冷却水の補充を任されていました。

師範隊で最初の犠牲者が出たのは四月二一日でした。寮の同じ部屋で机を並べていた先輩の久場良雄《くばよしお》さんです。師範隊が使っていた『留魂壕《りゅうこんごう》』の出口の辺りで太ももを吹き飛ばされたんです。用足しに出たときにやられたんでしょう。先輩の『アンマー（お母さん）』という大きなうなり声が一晩中聞こえていましたが、夜明け前に力尽きて亡くなりました。衝撃でした。

五月四日は同期生の西銘《にしめ》君と水くみの作業をしていました。ひと休みしようとしたとき、至近弾が落ちて何か倒れる音がしたんです。振り向くと西銘君が倒れていました。右の首から肩までえぐられて、ひと言も発することなく即死でした。爆弾の破片は作業をしていたドラム缶を突き抜けたようです。ドラム缶には彼の肉片がこびりついていました。その頃から、犠牲者が増えていきました。

五月二七日の晩、軍命で師範隊は首里から撤退することになり、激しい豪雨の中、負傷した仲間を交代で担ぎながら南下しました。敗走中、周りには死体がごろごろ転がっていて、死体を踏まないようにするには、つま先立ちで歩かなければならないんです。

その翌日は、かんかん照りの日差しの強い日でした。農道で女性が亡くなっていました。その死体の上を赤ちゃんが這いずっているんです。母親の死体は腐乱し、はいているモンペが引きちぎれるほどパンパンに膨れていました。赤ちゃんはお乳を欲しがっていたのですが、どうすることもできず、仲間と通り過ぎただけです。

あのときのことは、今も頭から離れません。あの状況下では、誰だって何もできません。

「具志頭の海岸で米軍に捕まり、この切り通しを米兵に銃を突きつけられながら上がってきた記憶がある。この上は今、ゴルフ場になっている。のんびりゴルフを楽しむ人々は 70 年前、この場所で何が起こったのか知る由もない」と語る

でも、なぜ助けようとしなかったのか？　助けなかった自分が許せんのですよ」

そう語る古堅さんの頬を涙が流れた。

「五月中には目指していた摩文仁《まぶに》の丘に着いたと思います。着いた直後は米軍の砲撃もなく、まるで別天地のようでした。師範隊本部は現在、沖縄師範健児之塔がある所から近い岩陰に置かれました。食料もなく、周辺の畑からサトウキビをとってきて、汁を吸って生き延びました。サトウキビを確保するため連日、砲撃の合間《あいま》を縫って、数百メートル先のサトウキビ畑を目指して突っ走るんです。

米軍が裏手の山まで迫ってきたのが六月一八日でした。翌一九日早朝、伝令が『一八日に師範隊は解散した』と伝えにきました。『沖縄本島北部には日本軍が残っているので、そこまで突破して合流するように』。こんな状況になっても、『皆さん、勝手にして』とは言ってくれないんです。しかし（北部部隊とは）連絡を取ることもできません。すでに北部部隊は崩れてしまっていたのですが、沖縄戦が敗戦という形で終結してもゲリラ部隊が活動を続けるという計画を大本営が持っていたらしく、そのことを前提にしての合流指示だったのでしょう」

「軍命に従うべきではなかった」

師範隊員は三、四人ずつの小さな組をつくって出発することになり、最後の打ち合わせのとき、師範学校校長一行の三人が来たという。野田《のだ》貞雄《さだお》校長と井口配属将校、最上級生の古波蔵《こはぐら》先輩だ。配属将校とは各学校に配属されている現役の軍人で、軍事教育を担当するお目付け役だった。

「校長先生は皆を集めて、『こうなるとわかっていれば、かわいい生徒を皆故郷に帰しておくんだった。軍命に従うべきではなかった』『せめて君たち一年生だけでも、親御さんの元に返しておくんだったね。校長として、なんとも申し訳が立たない。教育者も、こうなっては何もならん』『死んではいけないよ。いいかい、決して……、死に急いではいけない。君たちは敵の第一線を突破して住民とともに生きるんだよ。多くの若い人々が倒れていった。君たちはこれからの指導者だ、沖縄の今後の……』とおっしゃいました。

配属将校がそばにいるのに『軍命に従うべきではなかった』と言ったんです。『軍命』とは天皇の命令ですよ、神様の。そんなこと言ったら首をちょん切られる話ですよ。でも、配属将校は何も言わなかった。おそらく校長の言っていることをそのとおりだと軍人でも思っていたのではないかな。

私は『戦後の沖縄は君たちの肩にかかっている』という校長の言葉が理解できなかったんです。私たちが戦後の沖縄を背負って立つなどとは思っていませんでしたから。生き残ることなど考えられなかったんですよ！　軍国主義教育が徹底されていたんですから。アッツ島、サイパン、ガダルカナル、そして沖縄……、日本軍が敗退した島で生き残るなんてことに考えは及ばないわけです。

校長が壕から去ったのは午後九時頃だったと思います。それから、組ごとに出発していきました。最後に残ったわれわれが後片付けをして出発したのは、日付が変わって翌日になっていたはずです。

『戦後の沖縄を背負って立つ』という校長の言葉は理解できませんでしたが、校長というのは学校の最高の責任者でしょう。その校長が『君たち死んじゃいかん。生き残るんだ』と言っているわけですよ。先生から生きることを許されたんだと……。生き残っていいんだと。それが生きる力になりました」

摩文仁を撤退したのは六月二〇日になっていた。第三二軍司令官牛島中将が自決し、沖縄戦が終結する三日前であった。北部の国頭には東海岸伝いに行くことになった。サンゴ礁の海岸線を海に漬かり、岩陰に隠れ、米軍に見つからないように夜間に移動したという。海岸近くに来た米軍の船艇から「デテコイ。デテコイ」と降伏の呼びかけが行なわれていた。そして具志頭《ぐしちゃん》（現・八重瀬町）の海岸にたどり着き、岩陰に隠れているときに米軍に見つかり、銃を突きつけられて捕虜となった。

戦争になったら沖縄戦と同じことになる

「今進んでいる辺野古新基地建設。基地というのは戦争を前提にしているんですよ。日米両政府は日本を守るという大義名分で沖縄にまた基地を押しつけようとしている。

戦争になったら沖縄戦と同じことになるのは目に見えています。戦前は大東亜共栄圏とか東洋平和のためにとか言っていました。そして今、安倍首相は『積極的平和主義』とか、同じことを言っている。物事を戦争という手段で解決しようというのでは、平和も安全も命も守ることはできません。どんな大義名分を立てようと、そういう手段を選んでいくのでは、平和も安全も命も吹っ飛んでいく。これは避けられない。

日本国憲法は、あれだけ悲惨極まりない、本当に無謀極まりない行為と結果への反省の上に打ち立てられたものです。政府の行為によって戦争の惨禍を引き起こすことがないようにすることを決意してのものです。そして、これからの世の中は武器に頼ることなしに、友情とお互いの信頼に基づいて平和の方向に導いていくんだと。そのために憲法九条があるんです。

だから、戦争につながる基地に反対するんです」

戦後、大阪の大学で法学を学び、米軍の軍事占領下で沖縄人民党の瀬長亀次郎《せながかめじろう》らとともに米軍の軍事支配に反対し、祖国復帰運動を闘った。その後も米軍基地反対、平和と民主主義のために闘い続けている。

八六歳になった古堅実吉の尽きない活動の原点が、壮絶な沖縄戦の体験にある。

沖縄戦の悲劇の始まり、サイパン島を生き延びて

横田《よこた》チヨ子《こ》さん（八七歳）

キャンプ・シュワブゲート前に工事車両が入ってくる。新基地建設に非暴力で反対して座り込む市民数十人の前で大型トラックが止まった。機動隊がさっと基地内から出て、座り込む市民を排除にかかった。その様子を国道の反対側でじっと見つめていたおばあがいる。「基地があるから狙われる。サイパンでの苦難を若い人たちに二度と体験して欲しくないから、こうして座り込んでいるの」

こう語るのは、沖縄戦の始まる前年、サイパンの玉砕から生き残った横田チヨ子さんだ。

サイパンへの移住

チヨ子さんは一九二九年五月八日、現在の沖縄市池原《いけはら》（旧・美里村《みさとそん》）に生まれた。

父は大工の棟梁《とうりよう》をやっていた。酒も飲まない、まじめな父だった。母は現金収入を得るため、自家製の豆腐などを売っていた。

米兵によるレイプ未遂事件に抗議して海兵隊司令部のキャンプ・フォスターゲート前に座り込む横田チヨ子さん（北中城村 2016年4月6日）

第一次世界大戦で勝利した日本は、ドイツ領南洋諸島を占領する。国際連盟の委任統治領となっていたが、国際連盟を脱退した日本は、南洋諸島での実効支配を既成事実化するために大量の移民を送り出した。その多くが沖縄からの移民だった。一九四二年には五万五〇〇〇人に達した。うちサイパンには、三万四五七六人の沖縄出身者が住んでいたという。

チヨ子さんの父は一九二八年、家族より一足先にサイパンに行き、そこで生活基盤を作るために博労《ばくろう》（牛や馬を売買する仕事）やサトウキビの栽培をしていた。

チヨ子さんが母と兄（一九一九年生まれ）とサイパン島に渡ったのは一九三二年、三歳の時だった。その年、弟が生まれた。

サイパン島では、島の東側ラウラウ湾に面した海沿いの小さな村で暮らした。広々とした農園には、キャッサバ（タピオカの原料）や綿花、麻などを植えた畑があり、豚や牛も飼っていた。海岸では地引き網で魚が捕れた。現地の人を雇って家事を手伝わせられるほど裕福で、チヨ子さんは何不自由なく育てられた。兄は結婚後独立し、島の西側のチャランカに住んでいた。

軍国少女

一九三九年、ノモンハン事件で戦死した村出身の兵隊のお葬式が盛大に行なわれた。チヨ子さんは、戦死したらたくさんの人がお供えをしてくれることが嬉しくて、お祝い気分になったという。幼いチヨ子さんには死という意味がわからなかったのだ。

人前で歌うのが好きなチヨ子さんは、出征家族の慰問の会で「軍国の母」を歌った。「生きて還ると　思うなよ　白木の柩《はこ》が届いたら　出かした我が子　天晴《あっぱ》れと　お前を母は褒めてやる」と歌うと、周りの女性たちが泣いている。なんで自分の歌を聴いて泣いているんだろうか？　その意味がわからなかった。

国民学校では優等生で、いくつも表彰状をもらった。当時教えられた「欲しがりません、勝つまでは」「鬼畜米英」「撃ちてし止まん」「お国のために死ぬことは名誉なこと」を、何の疑いもなく信じていた。

一九四二年、ミッドウェー海戦の敗北で、戦況は「日本の敗北」へと急カーブを切っていく。南洋群島が戦場になるのはもはや時間の問題だった。だが、サイパン島の住民たちはこの時まだ、危機感をもっていなかった。

一九四四年二月、島の南にあるアスリート飛行場が空襲でやられた。米軍による初めての攻撃だった。

三月六日、疎開島民を乗せた亜米利加《アメリカ》丸が遭難する。

同じ日、満州などから南洋に向かった陸軍の支援部隊の輸送船が撃沈され、乗っていた兵士が命からがらサイパン島に上陸した。日本軍に期待していた住民は大きく落胆する。

サイパン島（1944年前後）

※『具志川市史 第5巻』より作成

彼らはチヨ子さんの家の近くにテントを張って駐留していたが、着の身着のままだったので「裸部隊」と呼ばれた。

満州にいた関東軍の精鋭という触れ込みでやってきた日本兵は「米軍に捕まったら男は八つ裂きにされ、女は強姦される」と住民に吹き込んだ。関東軍は満州で自分たちがさんざん残酷なことをやってきた。だから、米軍も同じことを島民たちにすると思っていたのかもしれない。そのため島民は捕虜になるより「自決」をとすり込まれた。バンザイクリフやスーサイドクリフなどから幼い我が子とともに身を投げたり、手榴弾《しゅりゅうだん》などで家族ごと「自決」に追い込まれた。その数は一万人にのぼるという。愛する家族の命を自らの手で殺《あや》める「集団自決」は、サイパンから始まって、沖縄戦で組織化していったと言われている。サイパン島は、沖縄戦の悲劇の始まりであった。

一九四四年三月、国民学校高等科を優等生で卒業したチヨ子さんは、お国のために看護婦になって、銃後のために戦いたいと思っていた。しかし、父に反対された。それでも看護婦になれる道を探し、島の西側のガラパンにある歯科医院に勤めながら、看護婦になるための勉強をしていた。

戦《いくさ》が島にやってきた

同年六月一一日、日曜日だったので、チヨ子さんはガラパンの下宿にいた。空襲警報が出て、本格的な空襲が始まった。チヨ子さんは怖くてずっと家の中にこもっていた。

六月一三日、見回りに来た兵隊に早く逃げなさいと言われ、チヨ子さんは真っ暗なジャングルの中を歩いて、自宅のあるラウラウへと急いだ。途中、たくさんの避難民と日本兵に出会った。ピューピューと弾の飛ぶ音が聞こえ、激しい艦砲射撃の中で、近くに爆弾が落ち、避難する住民が次々と倒れていった。目の前で、砲弾の破片か何かが当たって頭が吹き飛んで首がなくなった兵隊が、二、三歩あるいてばたっと倒れた。もう、怖さはなかった。

六月一四日早朝、ラウラウの自宅に着いたが、誰もいなかった。ひっそりとした自宅から着替えや食料、日用品とともにひげの濃い父親のために西洋カミソリを持ち出した。近所の人が、家族は海岸の壕《ごう》に避難していると教えてくれた。壕には父、母がいた。すでに近所の人たちは山に避難していて、チヨ子さんの家族は最後だった。

壕から海を眺めると、軍艦がたくさん見えた。

両親、弟とチヨ子さんは、島の中央にあるタッポウチョウの山に逃げることにした。そのころはまだ艦砲射撃がそれほど激しくなかったので、明るい時間でも逃げることができた。途中で父が自宅に戻り、残してきた食料を持ち牛を引いてきた。しかし、避難中に牛は弾に当たって死んでしまい、母は「牛がやられた」と泣いた。今から思えば、牛は大切な財産だったのだ。

途中でチャランカに住んでいた兄夫妻が合流する。三歳の正子は兄がおんぶしていた。家族は、兄、兄嫁、正子が加わり、七人になった。

六月一五日、タッポウチョウに着く途中にあるマンガン山の近くにさしかかった頃、米軍が上陸を開始したという情報が入ってきた。その直前から艦砲が激しくなった。海からは艦砲射撃、空からは機銃掃射だった。夜は夜で、米軍が上げた照明弾で、あたりは昼間のように丸見えになった。動くものは相手構わず狙われた。まわりにはたくさんの死体が転がっていたが、もはや恐怖を感じなくなっていた。

ただ、のどの渇きと空腹にさいなまれた。あるとき、近くから米兵に発砲され倒れ込んだところ、そこは偶然にもイモ畑だった。鼻先にイモ蔓《づる》の青臭いにおいがし、無意識で手が土の中からイモを掘り出していた。泥だらけのイモを懐にたくさん入れて、そして逃げた。

「私ね、転んでもただじゃ起き上がらない性格なのよ」

と笑いながら話すチヨ子さんの瞳に当時の茶目っ気が残っている。

水汲《く》みに行く父と兄に付いていこうとしたら、「付いてくるな、待っていろ」と怒られた。それでも「二人が途中でやられたら、誰がその死を知らせるの?」と屁理屈をこねて付いていった。

手榴弾と兄の死

チヨ子さんの家族が彷徨《ほうこう》をはじめて二か月近く過ぎた。「きっと友軍が助けに来るはずだ」と信じていた。家族は島の北部のジャングルに到達していた。

父がバナデルの飛行場の建設に勤労動員されていたので、このあたりの地形には詳しかった。島の北端には、多くの住民が海に身を投げた断崖バンザイクリフやスーサイドクリフがある。周辺は激戦地だった。絶えず米軍が「デテコイ。デテコイ」と投降を呼びかけていたが、捕虜になれば「男は八つ裂きにされ、戦車にひき殺される。女は強姦される。

捕まる前に〝自決〟しろ」と日本兵から教えられていたので、捕まることが恐怖だった。

暗闇の中を歩いていると躓《つまず》いた。見るとたくさん人が寝ているようだった。二人の小さい子どもを父親が両腕に抱いた死体だった。この人たちは「自決」していたのだ。

「あのときに見た二人の子どもを抱いた父親は誰だったんだろう、と思うことがあります。真っ暗闇の中で寝ていると、がやがやと声が聞こえた。でも、朝明るくなって行ってみると、みな死んでいる人だった。この暗闇の怖さを、今の人は想像できないかもしれない」

とチヨ子さんは言う。

そして、真夏の逃避行はのどの渇きとの闘いだった。激しい艦砲射撃のなか、みな水を求めて血眼《ちまなこ》になっていた。バナデルの線路沿いで、偶然瓶ビールを見つけみんなで回し飲みをした。

チヨ子さんたち家族の向かいに、三名の日本兵がいた。その兵隊の人たちに「敵に捕まるなよ、捕虜になるなよ」と言われ、チヨ子さんは手榴弾を三個もらった。「二個は敵に投げて、残りの一つは自分で抱きなさい（自決せよ）」と言うのだった。

「手榴弾三個を懐に入れて家族の方に行こうとした時、敵機の機銃で脇腹をやられたんです。すかさず近くにいた兄のもとに駆け込みました。傷が浅くて幸いでした。抱えていたビール瓶に当たってから腹に食い込んだので助かったんだと思います。

ずっと前に艦砲でやられた足は、化膿した傷口からウジが湧いていたんですが、傷の痛みはありませんでした」

兄が家族のところに行けと、チヨ子さんを押しやった。

「その直後、三発の迫撃砲が兄の周りに着弾したんです。土煙の中から、兄が私のところに這《は》ってきました。兄の腹から血がどくどくどくどく出ていました。兄は、はあはあ苦しそうに息をして。まもなく静かに息を引き取りました。

必ず迎えに来るからねと言って寝かせて、日本兵が残していった毛布をかぶせるのがやっとでした」

チヨ子さんが毎年サイパンを訪れるのは、今でも、兄に毛布をかぶせることしかできなかった申し訳なさでいっぱいだからだ。

父も、三歳の姪も……

父も右腕を負傷した。腕が砕かれ、皮一枚でつながっていた。チヨ子さんは持っていた帯で、父の腕を首から吊ってあげた。

翌日、アダンの木の下で、父が母に「国がなくても巣があれば子は育つ。絶対死ぬなよ。どんなことがあっても沖縄に帰れ」と言った。厳格な父に愛情を感じたことはなかったが、このとき初めて父の愛を感じた。

「あの父の遺言があったから、今こうして弟と私と母が生きて帰ることができたのだと思う」

とチヨ子さんはふり返る。

父は最後の力を振り絞るように、母に逃げ道を探せと言ったが、母は山の中で道に迷い、家族とはぐれてしまった。

「『この腕が邪魔だ、カミソリで切れ』と、父は強い口調で私に命令しましたが、『できない』と初めて口答えしたんです。すでに死を覚悟していた父は、近くにいた駐在の山田さんにたのんでカミソリで腕を切り落としてもらいました。切断された腕から大量に出血して、そばにいた私も血をかぶりました。

息絶え絶えの父は兄嫁に『おなかの子は男の子だから大事にして、三歳の子は置いていきなさい。連れていたら、逃げ切れないし、おまえたちの命も危ないから』と言うんです。日本が必ず助けに来るから、と気休めにもならない言葉をかけて……。

そして、父の頭がガクッとなって、息を引き取りました。

あのときカミソリを父に渡していなければ、父は死なずに済んだんじゃないか。今も思い出すと悔やまれて涙が出てくるんです」

避難の途中、もってきたカミソリを父に見せながら「米軍に捕まったら、これで首かっ切って死ぬ」と言ったら、父に取り上げられてしまったカミソリだった。

「父が最期に言ったことばが今でも忘れられない。『避難していた場所にお金を隠しておいたので持ってきなさい。売った牛のお金をもらっていないので、もらってくるように』
と言ったんです。こんな時に貸した金のことをなんで言うのかって」
チヨ子さんは可笑《おか》しくなってしまったという。

父は娘の卒業証書や修了証などを死の間際まで大切に持ち歩いた。
横田チヨ子さんは今も大切に保管している

避難中、父は日の丸の旗につつまれたチヨ子さんの卒業証書、優等賞、皆勤賞を大事に持っていた。チヨ子さんはこれらを沖縄に持ち帰り、今も大切に持っている。

父をそっと横に寝かせて兄嫁を見ると、呆然と立っている。兄嫁の両腕にぐったりした我が子が抱えられていた。

「『なんでー、姉さん』と言ったけれど、それ以上何も言えなかった。そばにいた日本兵に言われたんじゃないかな。大きいお腹をして、三歳の子と一緒に逃げきれないと思ったんじゃないか。姉さんが一番つらかったと思います」

とチヨ子さんは何度も目頭をハンカチで押さえた。

あたりには自決した人々や砲弾にあたって吹き飛んだ死体が転がっている。父と兄の子を埋めることができる場所などない。「私たちは逃げるから。お父さん、みんなと一緒に私たちを守ってね」と言ってその場を離れた。日本兵からもらって懐にしまっておいた「自決」用の手榴弾はどこかに落としてしまった。

捕虜となる

二晩ほど山の中を彷徨《さまよ》った。

父、兄を失い、母は行方不明。自分ひとりで姉のお産が来たらどうしようという不安があった。母が父のいるところに戻ってくるんじゃないかという気がして、結局、父たちの遺体から離れて遠くに逃げることができなかった。

「日本人は全滅した、自分たち二人しか生き残っていない」と思いつめたチヨ子さんは、海に入って死のうと兄嫁を誘った。しかし、兄嫁は「お父さんは死ぬなと言ったよ」と、海に入るのをいやがる。それでも、自分が先になって海に入っていった。現在バンザイクリフと呼ばれている崖の近くにある遠浅の海だった。

何時間か海水につかっていたが、死にきれなかった。びしょ濡れで海から上がり、壕を見つけた。逃げ込んだ壕には住民がたくさん隠れていた。生き残ったのは自分たちだけだと思っていたチヨ子さんたちにとって、たくさんの住民がいたことは心強かった。

そこで知り合った女の子と、近くのスイカ畑にスイカを取りに行くことにした。のどの渇きを潤すスイカに夢中で、畑の向こうの丘に米兵が立っているのが見えなかった。すぐに米兵の射撃が始まった。怖くてスイカを抱えたまま俯《うつぶ》せていた。銀バエが体中にたかって、払いのけても、払いのけても、体中にたかってきた。周りには死体がごろごろ転がっていた。何時間もじっと動かず、死んだふりをしていた。暗くなって顔を上げると、チヨ子さんを死んでいると思った米兵が去って行くのがわかった。

スイカを抱えて兄嫁のいる壕に戻った。やられたと思っていた兄嫁はチヨ子さんの姿を見て泣いた。

翌日から米軍が「戦争は終わった。デテコイ、デテコイ」と、拡声器を使って投降を呼

辺野古では、横田チヨ子さんと島袋文子さんはいつも仲良く隣に席をとっている

びかけてきた。その二日後に手榴弾が投げ込まれた。出口近くにいた人たちが負傷し、そして捕虜になっていった。

　捕虜になった人が収容所で、チヨ子さんの恩師・半田先生にチヨ子さんたちが壕に隠れていることを告げたらしい。半田先生が八月二四日か二五日ころ、隠れているチヨ子さんのところにやって来て、捕虜になるよう説得した。近くのアダンの木の下や壕に隠れていた住民たちに、チヨ子さんは「私の先生が迎えに来ているので、みなさん出ましょう」と訴えた。この呼びかけに応えて、一六名が出て行った。

　収容所でも、チヨ子さんは軍国少女のマインドコントロールから解放されなかった。「敵からの食べ物はもらわない」と言って何も食べないでいると、「国と国の戦争だから、あなた方には関係ないこと。敵愾心《てきがいしん》をもたないで」と、日系米兵に言われた。そのことを今も鮮明に思い出すという。

サイパンで止めておけば……

「いろんな本を読んでわかってきたことだけど、サイパンで戦争を止めておけば東京大空襲もなかったし、沖縄戦にもならなかったし、広島、長崎に原爆も落とされなかったし、満州の悲劇もなかった」

とチヨ子さんは強く思っている。

「『日本は勝つ。神の国だ』と洗脳されていたことが恐ろしい。だから今、戦争反対の運動にのめり込んで、平和のために語り部になっているの」

今、チヨ子さんは米海兵隊普天間《ふてんま》基地の近くに住んでいる。オスプレイが配備され、昼夜を問わず激しい訓練が行なわれている。「オスプレイの音が、サイパンで聞いた米軍の戦車の音と重なって、夜寝られなくなるの」と顔をゆがめた。

「辺野古《へのこ》に新しい基地を作って、戦争になったらここが攻撃されるのよ。沖縄の人たちがみな、やられるのよ。二度と私と同じような目に遭ってほしくない。だから座り込んでいるの。戦わないために、今、闘っているの」

と、元気に座り込むチヨ子さんの隣で、沖縄戦を体験した島袋文子《しまぶくろふみこ》さん（三六〜四四ページ）が黙ってうなずいていた。

妹を絞め殺した日本兵を忘れない

城間恒人《しろまつねひと》さん（七六歳）

名護《なご》市辺野古の米海兵隊キャンプ・シュワブゲート前で抗議をする人々の集団の外れに、ぽつんと一人座り込んでいる大柄なお年寄りがいる。立ち上がると、左手で杖《つえ》をつきながら、座り込みをする人たちにプリントを配りはじめた。

プリントのタイトルは「妹を絞め殺した日本兵」。

沖縄戦時の体験をみんなに知ってほしいと、娘さんにパソコンで打ってもらったものだ。

「私のような沖縄戦の体験をした者はどんな戦争にも反対だ。あのとき妹の首を絞めて殺した日本兵を絶対に許せない。戦後七〇年、また沖縄に大和《やまと》が基地を作ろうとやってきた。残された人生を基地建設反対に捧《ささ》げます」

と静かに語る姿が印象に残った。

生き残った家族は祖母、母、兄、私の四人だった

城間恒人さんは、一九四〇年三月一一日、大里村大城《おおざとそんおおしろ》（現・南城市《なんじょう》）で生まれた。沖縄戦によって多くの自治体で戸籍簿が焼失してしまったため、戦後、住民の申告をもとに作り直さなければならなかった。

沖縄戦が終わって、城間さんの家では出征していた四人の兄のうち二人が行方不明のまま帰ってこなかった。母親には行方不明の子どもがいることを証明するすべもなく、二人の戸籍登録をすることができなかった。そのため、戦後作られた戸籍では、城間さんは一〇人兄弟姉妹の九番目になっている。しかし母の話では、一二人兄弟姉妹の一一番目として生まれた。さらに、城間さんは誕生日の日付も旧暦だろうという。母は村のノロ（シャーマン）に仕えている人だったので、新暦を使わなかった。だから、戸籍を作るときに旧暦の日付をそのまま記載したのだろうと。

ここでは戦後に作られた戸籍簿ではなく、恒人さんの母から聞いた話を元に一二人兄弟姉妹の一一番目として話を進める。

長兄・恒善《こうぜん》は沖縄戦が始まる前に満州で戦死していた。長女・カメは沖縄戦で従軍看護婦として陸軍病院に勤務していたが、激戦地・摩文仁《まぶに》の丘近くで友人が姿を目撃したのを最後に、行方不明となったままだ。「遺体は砲弾でばらばらになってしまったのだろう」

「残りの人生は基地をなくすために捧げる」と、不自由な体を押して辺野古に通う城間恒人さん（キャンプ・シュワブゲート前）

と恒人さんは言う。

次兄・恒雄《つねお》はニューギニア、パラオ、テニアン、ペリリューと激戦地を転戦し生き延びた。三兄は南方戦線で行方不明になった。四兄は特攻隊として鹿児島に赴き、五兄は浜松の軍需工場で終戦を迎えた。戦後、三人の兄たちが帰ってきた。

次兄の恒雄は戦友の肉や死体に湧いたウジ虫を喰い生き延びたと話してくれた。戦場で愛する家族との再会をどれほど待ちわびたことか。しかし、故郷の沖縄に戻ったら、妻も子どもも沖縄戦の犠牲者になっていた。憎んでいた米軍が占領して県民は惨めな生活を強いられていた。

「天皇陛下のために、お国のために戦った戦争は何だったのか？」

自分を見失った次兄は心が荒れて酒におぼれていった。

恒雄が再婚して生まれた子どもが成人したとき、東京見物に連れて行ってくれた。靖国神社に行くと、恒雄は戦友のことを思い出し声を上げて泣いていた。そして皇居では観光客がたくさんいる前で「天皇出てこい、戦友の敵《かたき》をとってやる」と叫んで、警察に取り押さえられたことがあった。

「天皇のために、お国のために戦った戦争が間違いであったことを知った恒雄は、戦後ずっと怒りを持ち続け、最高の戦争責任者のいる皇居に行ったとき、こみ上げる怒りをおさえることができなかったのでしょう」

大里村を離れ南部へ避難するが……

一九四五年五月、米軍は本島南部の大里村に迫っていた。トンボと呼ばれる偵察機が時々、上空から偵察していた。それを母方の叔父さんに肩車してもらい、松の木の陰から望遠鏡で見たことを覚えている。

五月一五日、頻繁に空襲警報が鳴り、城間さんは家族や親戚と一緒に自宅近くの防空壕《ぼうくうごう》に避難した。国民学校の校長をしていた叔父は、閉鎖になった国民学校の書類を自宅で保管した。空襲警報の合間に防空壕から書類をとりに戻った叔父夫婦は、自宅を爆撃され即死した。庭に叔父の頭が転がっていた。白目をむいて金歯がぎらぎら光っているのを今でもはっきり覚えている。家族で散らばった肉片を集めたと、戦後、母が言っていた。恒人さんはそれから死体を見ても何も感じなくなっていった。

五月末、防空壕から村の家々が燃えているのが見えた。裏山から米兵の姿を目撃するまで米軍が迫ってきていた。すでに村の人たちは南部に避難を始めていた。

六月一日、父の知り合いを頼って一家は南部に避難を始めた。

その時の家族は祖母（七九歳）、父（五三歳）、母（四七歳）、兄・恒盛《こうせい》（一三歳）、姉・末子《すえこ》（七歳）、恒人（五歳）、妹・冴子《さえこ》（二歳）、従姉《いとこ》・安子《やすこ》（一四歳）の八人だった（年齢は沖縄戦当時）。

雨の中、ずぶ濡れになりながら、家族で手をつないで南部を目指した。暗闇を歩きながら「どうせ死ぬんだ」と誰もが思っていた。港川《みなとがわ》方面（八重瀬町《やえせちょう》）からの艦砲射撃が激しく、どの壕も避難民でいっぱいだった。

玉城村《たまぐすくそん》の喜良原《きらばる》（現・南城市）で父が見つけた壕に入った。体を乾かし、夜が明けるのを待っていると、この壕の持ち主だという家族がやってきた。偶然にも父親の知り合いだった。彼らはいったんこの壕から出て行ったが、アメリカの攻撃の激しさに戻ってきたのだった。城間一家が目指していた垣花《かきのはな》（同）はすでに米軍に占領されたと彼らから聞かされた。

仕方なく、その壕は元の持ち主に明け渡し、家族は再び砲弾の降る南部を彷徨った。丘から見える港川方面の海はアメリカの艦船がひしめいていた。その艦船からひっきりなしに砲弾が撃ち込まれた。隠れることのできる壕や門中墓《もんちゅうばか》はどこも避難民でいっぱいで一家が身を隠すところはなかった。

祖母は「家族の足手まといになるし、生まれた村で死にたいから」と言って、一人で大里村の自宅に帰って行った。おばあちゃん子だった姉の末子が別れるのは嫌だと泣いた。

一家は行く当てのないまま、メーガーラガラ（現・玉泉洞）にたどり着いた。ここも避難民と日本兵でいっぱいだった。日本兵が入れてやる代わりに米をよこせと言った。父はしかたなく大切にしていた米を渡した。夕方、日本兵が米を炊いた時に出た煙が米軍に発見され、猛烈な艦砲射撃にあった。

日本兵がたくさん死傷した。片腕をもがれた日本兵が「水をくれ」と残ったほうの手で日本刀を抜き避難民を追いかけ回した。父は「どうせ死ぬんだから」と、やかんに入った水をあげた。のどの渇きが収まるとそのまま倒れこんでしまった。その日本兵は翌朝亡くなった。

六月三日、豪雨で壕に雨水が大量に流れ込んできた。危険を感じた家族は壕を抜け出した。メーガーガラの壕を出たとたん、激しい爆撃の中をさまよい歩いた。

一家は新城《あらぐすく》（八重瀬町）、玻名城《はなしろ》（同）、仲座《なかざ》（同）、与座《よざ》（同）、摩文仁（糸満《いとまん》市）と歩き続けた。

大度《おおど》（糸満市）の手前で砲弾の破片が恒人さんの尻に当たり肉がえぐり取られ、着物はちぎり取られボロボロになってしまった。

痛くて泣いていると、父に「破片がかすっただけだ。たいしたことはない」と叱《しか》りつけられた。近くにいた日本兵からは「泣くな、撃ち殺すぞ」と脅された。恐ろしさで痛みも忘れ、足を引きずりながら走って逃げた。日本兵は恒人さんの泣き声で米兵に見つかることを恐れていたのだ。

父は「一歩先に行こうが、遅れようが、死ぬときには死ぬんだから、おまえたちが先に行け、やられたら埋めてやるから」と言って、ショベルを持って家族のいちばん後ろを歩いた。

何日もまともな食事をしていない一家はへとへとになっていた。ずぶ濡れの体からは容赦なく体力が奪われていった。五歳の恒人さんはとうとう歩けなくなり、兄の恒盛におんぶされ、二歳の冴子も母におんぶされていた。

米須《こめす》（糸満市）の陸軍壕に家族で入れてもらおうと思ったが、従姉の安子だけが看護婦代わりになるからということで入れてもらえた。安子はその後、捕虜になり、通訳の日系人と結婚しサンフランシスコに住んだ。

行く当てもない家族は仕方なくさまよい歩き、現在の「ひめゆりの塔」の近くでヤギ小屋を見つけた。小屋には三人のおばあさんがいた。

翌日六月四日、ヤギ小屋も艦砲射撃を受け、おばあさんの一人が「私の手が……」と言って、狂ったように吹き飛ばされた自分の手を探していた。その時、父も左の耳とこめかみを吹き飛ばされる大ケガをした。汗と泥にまみれた傷口にはすぐウジがわき始めた。

激戦の南部から引き返す

夕方になって艦砲射撃がやんだ。静かになった西の空が夕焼けで美しかった。一家は大里村に帰ることにした。そこに、大里村でお世話になっていた医師の仲村渠《なかんだかり》夫妻と出くわし、父の傷を手当てをしてもらった。父の頭は白い包帯でぐるぐる巻きになった。来た道を引き返すか、それとも別の道を戻るか思案していた家族は、仲村渠夫妻と伊原《いはら》（糸満市）

まで一緒に行くことにした。

途中、たくさんの死体が転がっていた。小さい恒人さんは踏み越えることができなかったので、兄の恒盛に抱えられて越えた。何度も何度も……。死体が転がっている風景を見ても何にも感じなかった。

砲弾から逃れてさまよっていた城間一家の後を、幼い姉妹がついてきた。姉はちょうど恒人さんと同い年くらいだった。両親は死んだのか、はぐれたのかはわからない。みんな、自分が逃げることに精いっぱいで、幼い姉妹のことなど気にかける避難民はいなかった。

小さな姉と妹は必死で城間一家についてきた。だが、よちよち歩きの妹はすぐに疲れてへたり込んでしまう。姉は仕方なく引き返し、妹の手を取り追いつこうとする。が、とうとう二人は道端に座り込んでしまった。

あの時、姉妹は一言も発することなく、泣いてもいなかった。泣いていたのは恒人さんの母だった。母は二人の幼い姉妹を何度も振り返ったがどうすることもできず、恒人さんたちに「母ちゃんから離れるんじゃないよ。死ぬときは一緒だからね」と言うのが精いっぱいだった。戦後、母は、あの時、見捨てた姉妹のことをずっと忘れることができなかったようだ。

仲村渠夫妻とどこまで一緒だったのかわからないが、途中ではぐれてしまった。

伊原で大きな民家を見つけ、そこに避難した。日本兵が一〇人、民間人が三〇人ぐらいいた。そこで日本兵に、父親が天秤棒《てんびんぼう》で大事に運んでいた食料をとられてしまった。父の目には、奪いとろうとする日本兵と中国や南方で戦っている自分の息子たちの姿が重なったのかもしれない。父は抵抗もしないで一家の大切な食料を渡してしまった。

六月一八日。父と兄が水汲みに行っている間に、隠れていた民家に砲弾が落ちた。恒人さんは石柱の下敷きになったが、一緒に下敷きになって亡くなった大人がクッションになって助かった。

妹、姉、そして父の死

爆撃に遭うと熱風と砂埃《すなぼこり》、恐怖と緊張で喉がカラカラに乾く。二歳の冴子は水がほしいと、日本兵の鉄兜《てつかぶと》の中にあった米のとぎ汁を指さして、かすれた声で泣いた。日本兵が父から奪った米のとぎ汁だった。若い日本兵が「泣くな、絞め殺すぞ」といって母親の腕から冴子を奪いとり、妹の首を絞めた。この兵隊も泣き声だった。米軍に発見されるのを恐れていたのだ。冴子はすぐにぐったりとなった。

次は自分の番だと恒人さんは震えていた。戦後、妹を殺した日本兵の顔を思い出す。絶対に忘れないし、許せない。

水汲《く》みから帰ってきた父と兄は爆撃された隠れ家を見て、ふるさとの村に帰って死ぬ決心をした。糸満を通って西回りで大里村を目指すことに決めた。

夕方、一家は真栄里《まえざと》のサトウキビ畑に身を隠していた。サトウキビの間から喜屋武岬《きやんみさき》に撃ち込まれる無数の艦砲弾の光が花火のようでとてもきれいだった。

暗くなってから一家は海岸に出て、糸満方面を目指した。途中、五歳ぐらいの女の子の手を引いた母親が波打ち際を歩いてきた。反対の手にはひもを握っていた。ひもの先を見ると男の死体が海に浮いていた。女の子の父親の死体だった。母親に夫の亡骸を運ぶ力などない。仕方なく、水に浮かべて引いてきたのだ。恒人さんの父と兄は死体を海から引き上げ、近くの草むらに隠してあげた。穴を掘る力もない人々にできる精いっぱいの弔いだった。

その母親から糸満が米軍に占領されていることを知らされた。静かな夜だった。糸満の町の方から音楽が聞こえ、電灯が明るく輝いていた。すぐそこまで米軍が迫っていた。白旗を掲げ投降する住民の列も見えた。しかし、「捕虜になったら男は八つ裂きにされ戦車にひかれる、女は強姦される」と教え込まれていたので捕まることが怖かった。

しかたなく一家は、ふたたびサトウキビ畑に身を隠した。

六月一九日朝、うとうとしていると戦車の音が聞こえてきた。ガソリンの臭いがあたりに立ちこめた。火炎放射器でサトウキビが焼かれはじめたのだ。あたりは火に包まれ、隠れる場所がなくなった。

母と恒人さんと姉・末子がひとかたまりになってサトウキビ畑の畝《うね》の谷間のわずかな隙

沖縄の慰霊の日6月23日、キャンプ・シュワブゲート前に設けられた祭壇に線香を焚く（2015年6月23日）

間に身を潜めた。しばらくして姉が「アンマー（お母さん）」と伏せたまま動かなくなった。姉の顔から血が引いていったのを覚えている。二、三メートル離れたところから父が「早く起こせ」と何度も叫んだ。母が「この子は死んだのよ」と父に叫んだが、耳を負傷し包帯をぐるぐる巻きにしていた父には聞こえなかったようだ。

直後、父はサトウキビを杖代わりにして立ち上がった。その瞬間、ドサッと倒れ込んだ。頭を撃ち抜かれ、最後の一言もなかった。

戦後、母に連れられ、姉と父の遺骨を探しに行った。拾い集めたとき、父の頭蓋骨は穴だらけだった。

収容所へ

気がつくと、焼け野原になったサトウキビ畑に、銃を構えたアメリカ兵が立ちはだかっていた。初めて見るアメリカ兵は雲を衝《つ》くような大男で、いつ殺されるのだろうと思い、とても怖かった。母と恒盛と恒人さんは銃を突きつけられてトラックに乗せられた。降伏した住民でいっぱいのトラックの荷台から、前の日に海で会った母と娘を見つけた。娘は腹部を撃たれたのか、腸が飛び出さないように両手でおなかを押さえながら、母親に抱かれていた。娘はその後、亡くなってしまったにちがいない。

連れて行かれたのは普天間《ふてんま》だった。ここで殺されると思っていたので、母は必死に両手を合わせて拝んでいた。恒人さんも母のまねをして両手を合わせた。野嵩《のだけ》（現・宜野湾《ぎのわん》市）の捕虜収容所に入れられた。収容所といっても焼け残った民家の周りを鉄条網で囲っただけの場所だった。大きな家の中の三畳間に、母、恒盛、恒人さん、知らない老婆二人が押し込められた。一日一回、米軍のレーション（野戦食）が配給されたが、いつも空腹だった。鉄条網を破ってアメリカ軍のゴミ捨て場に行き、残飯をあさった。

沖縄戦を生き抜いた城間家は母、兄の恒盛、恒人さん、祖母だけになった。南部の戦場で生き別れた祖母は、辺野古の捕虜収容場に入れられていて、再会することができた。

“銃剣とブルドーザー”と同じやり方、絶対に許せない

戦後、父親のいない家庭では母がいかにみじめで貧乏だったことか。母親は「学問しか残せる財産はないから」と昼夜を問わず働いて恒人さんを大学に行かせた。足りない分は大里村の奨学金を借りた。

恒人さんが琉球大学を卒業し高校の教師になったのは、安定した給料がもらえるからだった。教職員組合では祖国復帰運動に携わった。だが、一九六八年の佐藤・ニクソン会談の内容は、沖縄の望んだ「基地もない、平和な日本への復帰」とはかけ離れたものだった。恒人さんは沖縄に絶望し、大阪で暮らし始めた。

二〇一四年、島ぐるみの新基地建設反対運動が始まった。何かしなければいけないと思い、沖縄に戻ってきた。ウチナーの魂が呼び覚まされたのかもしれない。

今では週に四日、不自由な足を引きずりながら、名護市辺野古のキャンプ・シュワブゲート前で座り込んでいる。

「安倍政権は沖縄の民意を聞かず、強引なやり方で基地を作ろうとしている。戦後の銃剣とブルドーザーで作られたやり方と同じだ。絶対に許せない。体が動く限り闘う」

城間恒人さんの瞳は子どものようにきらきら輝いていた。

母の遺言が語る沖縄戦

砂川弥恵《すながわやえ》さん（七二歳）

沖縄県東村高江《ひがしそんたかえ》の米軍北部訓練場に、新たにオスプレイなどが離発着できるヘリパッドの建設がすすめられている。これに反対して、基地ゲート前には住民と支援の人たちが座り込んでいる。

砂川弥恵さんは毎週木・金曜日、自宅のあるうるま市から車で一時間三〇分ほどかけて座り込みに来る。

なぜ座り込むのか？

「母が残した『遺言』が私を高江や辺野古《へのこ》の座り込みに通わせている」と弥恵さんは言う。

遺品

一九八九年、沖縄戦を生き抜いた砂川さんの母・キクエさんが他界した。キクエさんは戦争で心臓を患い、後遺症に苦しみながら、女手一つで弥恵さんを育てた。遺品を整理中、

「母の遺言――戦争体験記」と鉛筆で書かれた分厚い茶封筒を発見した。

手記の冒頭には、「語り継がねば、生き証人としての使命感で筆をとる」「戦争の悲惨さを伝える義務があると感じ、二度と戦争はあってはならない、起こしてはならない。これを母の遺言とする」と書いてある。この遺書を書き終えた日を「私の終戦記念日」だと記している。

キクエさんの「遺言」からは、何度も死線を乗り越えてきた人間だからこそ、子や後世に伝えなければという強い意志と、平和への断固とした願いを読みとることができる。

「使命」をやり遂げたキクエさんは、七三歳で亡くなった。

第二次世界大戦の最激戦地の一つとなった沖縄。沖縄戦の戦没者総数は二〇万人、そのうち民間の犠牲者は九万四〇〇〇人とされる。キクエさんの「遺言」は、その沖縄戦の始まる約一年前から語り始める。

以下、キクエさんの手記を紹介する。

キクエさんの手記

沖縄戦前

青年学校の教師をしていた夫・仁里《じんり》と結婚後、首里城《しゅりじょう》近くにある夫の実家の近くで暮らすことになった。一九四四年二月八日、弥恵が生まれた。

同年一〇月一〇日、那覇《なは》大空襲のあと、実家が日本軍に慰安所として没収されてしまった。追い出された母（注：弥恵さんの祖母）は私たち家族と同居することになった。戦況が悪化の一途を辿り、私たち一家は疎開することを決めた。しかし、すでに沖縄近海は米軍の潜水艦が出没し、安全な海ではなかった。この年の八月には、学童疎開船対馬《つしま》丸《まる》の悲劇も起きている。軍は対馬丸事件などを極秘扱いし、情報統制を敷いたが、巷《ちまた》には噂として伝わっていた。

私たち家族は「船の撃沈で一家全滅」ということがないよう、二手に分かれ疎開することにした。まず台湾にいる親戚を頼って、長男（五歳）を祖母と義妹とともに避難させた。

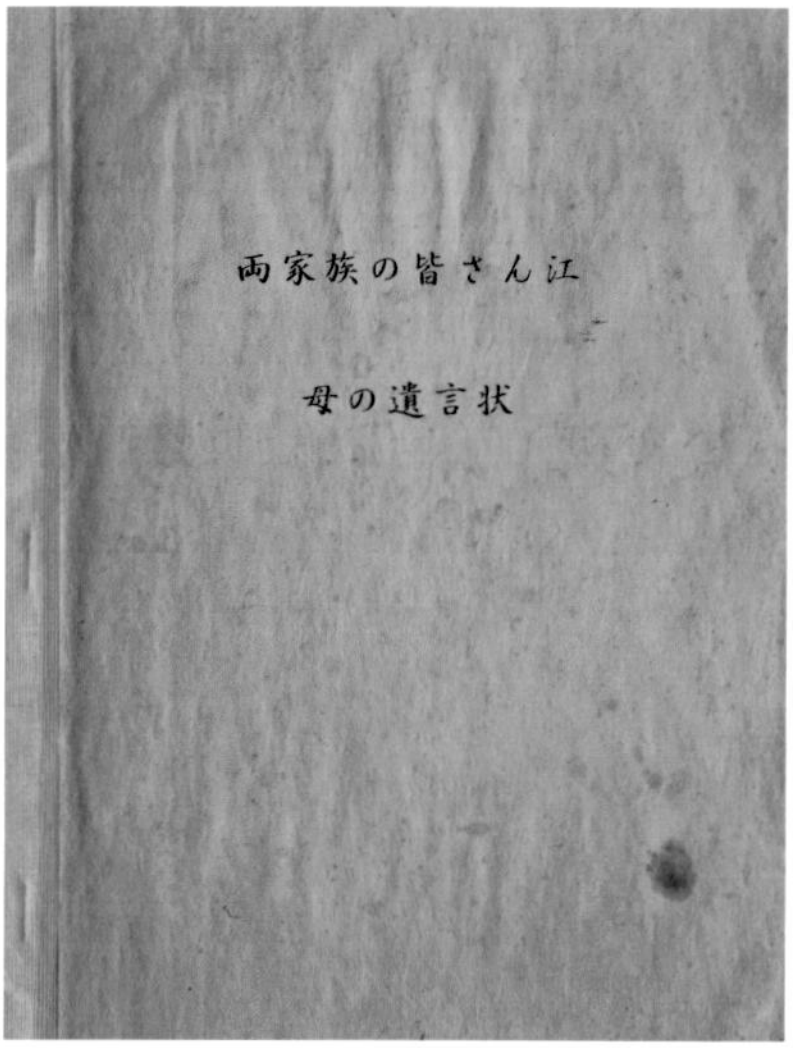

砂川弥恵さんが母・キクエさんの遺品の中から見つけた遺書を、冊子にして保管していた

この時、次男の仁志《ひとし》（三歳）もいっしょに避難させる予定だったが、乗船のどさくさに紛れて夫がとっさに船から連れ出してしまった。三歳の幼子を両親と引き離すのを不憫《ふびん》に思ったのだろう。

この時はまだ、沖縄が激戦地になろうとは私たちも考えていなかった。夫は軍の命令で青年学校の生徒を引率し陣地構築をさせられていた。そのため、近所の人たちが避難しても軍からの解散命令が出るまで私たち家族は疎開できなかった。

避難

一九四五年、米軍は沖縄に矛先を向けてきた。空襲警報のサイレンが鳴ると夫は家族を防空壕《ぼうくうごう》に避難させるより先に、学校にある重要書類を取りに走った。残された私と二人の子どもの避難は、自宅に下宿していた青年学校の生徒が手伝ってくれた。あの青年たちは戦争を生き抜いたのかどうかわからない。

サイレンが鳴ると、一歳にもならない弥恵が這《は》い這いしながら子ども用の防空頭巾とおぶい紐《ひも》を持って、私のところに来ることが不思議だった。

四月一八日、沖縄県立第一中学校が爆撃され、近くの首里城が焼け落ちた。軍から解散命令が出たのはその直後。すでに近所の人たちは避難したあとだった。

母と夫（三三歳）、私（二九歳）、仁志、弥恵ほか親戚など一四人で南部に逃げることになった。

砲弾が降り注ぐなか、幼子を連れた一団が歩くのは危険極まりない。避難した壕《ごう》には、次々と負傷兵が運び込まれてきた。二〜三日すると壕の中は負傷兵でいっぱいになり、住民の居場所がなくなった。負傷兵のなかに沖縄出身の若い兵士がいた。「お母さん、お母さん」と呼びつつ息を引き取っていった。「天皇陛下万歳」と叫んで死んでいった兵士はひとりもいなかった。

地獄

壕に隠れていると日本兵が入ってきて「軍が使うから」と住民を追い出した。日本軍は自分たちを守らないことを身に染みて感じた夫は、いったん壕を見つけると家族を置いて次に避難できる壕を探しに出た。夜になると、一族一四人は手を繋《つな》ぎながら夫が見つけた壕に移り隠れることを何度も繰り返した。

真壁村新垣《まかべそんあらかき》（現・糸満市《いとまん》）で伯母が砲弾の破片を受け失明、その後直撃を受け即死。叔父一家は砲弾の直撃で全滅、肉片が周辺に散らばっていた。

20歳の頃のキクエさんと、キクエさんの母

食糧も無くなり、夜の暗がりで畑からイモを盗んでかじった。母乳が出なくなったので、弥恵にはサトウキビを噛《か》んで汁を口に溜《た》め、母乳代わりに飲ませた。

逃げている途中で目にしたものは、この世のものとは思えない地獄だった。ゴム毬《まり》のように膨れ上がった死体にすがりつく子ども、ウジの湧いている母親の乳房にかじりついて死んでいる赤ん坊、黒く焼けた木にぶら下がる内臓、そこらじゅうにもぎ取られた手足が散乱していた。

暗い壕の中で座っていると、足下からウジが上ってきた。明るくなって見ると死体が横に転がっていた。米軍はすぐ近くまで迫っていた。

肉親の死

六月一七日、新垣で爆撃に遭い夫が腕、母は両足に重傷を負い動けなくなった。仁志は頭に砲弾の破片を受けていた。私と弥恵も足に重傷を負っていた。夫は「子どもたちをよろしく」と言い残して、息を引き取った。三日後、仁志も亡くなった。遺体は埋めることもできなかった。

焼け残った空き家を見つけ、重傷の母を運び込み一息ついたその直後、爆撃を受け火の手が上がった。両足を負傷していた母は「あんたたちは早く逃げなさい」と言った。死ぬ覚悟を決めていた私に「あんたは弥恵を殺す気か」と叱責《しっせき》した。母の言葉で我に返り、弥恵を抱えて這って逃げ出した。母は空き家とともに焼け死んだ。

夫、次男、母と失い、乳飲み子を抱え、生きる望みを絶たれ死ぬことしか考えられなくなっていた。自暴自棄になった私は戦車の砲弾が飛んでくるのも構わず、米軍に向かっていった。不思議と弾は当たらなかった。従妹《いとこ》の春《はる》が砲弾飛び交うなかを、近くの泡石《あわいし》（琉球石灰岩の一種）を積み上げた壕に連れ戻してくれた。その壕も人で溢《あふ》れ返り、入口近くに身を潜めることしかできなかった。しばらく身を潜めていると迫撃砲が直撃、壕はあっけなく崩れた。中にいる人たちは生き埋めになったが、入口にいた私と弥恵、春は這い出すことができた。その直後、米軍に捕まった。

捕虜、そして戦後

「捕虜となれば銃殺される」と思っていたが、米軍は負傷した住民をトラックに乗せ、テントの野戦病院に連れて行った。弥恵もそこで治療を受けた。弥恵の右ふくらはぎは、肉がそぎ取られ骨が見えていた。米軍の医者は足を切断するつもりだったが、「切断しないで」と懇願し、何とか娘の右足を守ることができた。

捕虜になる直前、私もけがで四〇度以上の熱を出していたが、憎んでいたはずの米軍に手当を受け助けられた。「鬼畜米英」と教えられていたことが、嘘だったと気づき混乱した。

収容所を転々とし、解放されたのは

ハワイに行った時のキクエさん（右）

宜野座村《ぎのざそん》の収容所だった。結婚当初、夫が高等小学校（中学校）と青年学校の教師をしていたことがあり、知り合いのつてでヤギ小屋を借りて住むことができた。
少し暮らしが落ち着いた頃から、弥恵をおぶって表通りに立つようになった。戦場で亡くした仁志を探していたのだ。あり得ないと思いつつ、仁志がいつか「母ちゃん」と抱きついてくるんじゃないかと、祈りつつ毎日路傍に立ち続けた。

「戦後、焼け野原に真っ黒になった木がぽつんぽつんと立っていた首里城周辺の風景を思い出す。あの頃、緑に飢えていたのかもしれない。高江の森はその緑への乾きをいやしてくれる」という砂川弥恵さん

母に背中を押されて

以上が母・キクエさんの手記からの抜粋だ。

今から一〇年ほど前、キクエさんと義父母を亡くした弥恵さんは、沖縄本島北部の東村の農家が開放してくれた畑で野菜づくりを始めた。

畑に通う途中で辺野古《へのこ》のキャンプ・シュワブ前を通り過ぎる。そこでは基地建設に反対する人たちが座り込んでいた。何回か素通りしているうちに「あんた、そのままでいいの?」と母が言っているような気がして、母の遺言を思い出した。それから座り込むようになった。

弥恵さんは「母の遺書を見つけなければ、座り込みに参加していなかったと思う。母が背中を押してくれたんです」と、静かに高江やキャンプ・シュワブゲート前のテントの端っこに座り込む。

「遺言」の最後には「生きているのではなく、生かされている」と記されていた。この言葉は、沖縄戦で犠牲になったすべての命に捧《ささ》げられたのだと思う。

いま、辺野古や高江で座り込む人々の胸に、母が残してくれた「遺言」が受け継がれていると弥恵さんは言う。

海上保安庁の厳重な警備のなか、スパット台船から巨大なコンクリートブロックを投下する作業が始まった。海底のサンゴを押しつぶしてしまう（2015年1月29日、大浦湾）

美しい辺野古の海を実際に体験してほしい。この海を見れば理屈抜きで守りたいという気持ちが湧いてくる。支援者に新基地計画を説明する平和丸船長の仲本興真さん（2014年7月3日、辺野古）

「あなたたちの仕事は私たちを弾圧することではありません。海上保安官の皆さん、一緒にこの美しい海を守りましょう。貴重な大浦湾の自然を壊す手伝いをしないでください」と呼びかける市民（2014年8月14日、大浦湾）

埋め立てに抗議するカヌー
（2016年4月30日、大浦湾）

海上で反対派を弾圧する異常な警備がしかれた。最大時には海上保安庁巡視船が宜野座沖から大浦湾にかけ13隻が展開し、海保職員が数人乗り込んだ黒い高速ゴムボートが30隻以上。沖合の巡視船に向かってパドルを立てて抗議するカヌー（2015年1月15日、大浦湾）

右上：臨時制限区域境界に設置されたフロート
左上：抗議船に乗り込んで船のキーを抜きとり拘束する海保職員

右下：突然平和丸が海保に拘束された。抗議し、若い海保職員を説得する平和丸の船長
左下：大潮のこの日、辺野古の浜から歩いて埋め立てボーリング調査に抗議できた。オスプレイが何度もキャンプ・シュワブのヘリパッドで離発着を繰り返す

YAMAHA
115

RESCUE TUBE

海保のゴムボートによって両サイドから挟みこまれ拘束された平和丸（2014年8月15日、大浦湾）

大浦湾に沈められたコンクリートブロック。スパッド台船のアンカーやフロート、オイルフェンスのアンカーとして沈められた。最大で数十トンの巨大な塊だ（2015年2月20日、大浦湾）

あとがき

沖縄は七一回目の慰霊の日を迎えた。当時生まれた人でも七一歳になる。沖縄戦を体験した方はすでに多くが鬼籍《きせき》に入られた。悲惨な記憶を胸の内にしまい込んだまま埋もれてしまった体験は無数にある。

ずっと語ってこなかった人たちが、戦争の足音が聞こえる今だからこそ、自分たちの味わった悲惨な体験を次の世代に二度としてほしくないと、重い口を開いて語り出している。しかし、あまりにも時間が経ちすぎてしまった。確かな記憶は遠い彼方《かなた》から、見えない糸をたぐるように引き出してこなければならない。その記憶の断片をひとつひとつ繋《つな》ぎ合わせ、時間と空間を再現する作業はまるでジグソーパズルのようだ。

あまりに悲惨な記憶の蘇りは、ときに体験者の精神をかき乱す。頭痛、吐き気、めまい、震え、手足のしびれ、悪寒《おかん》、発汗、不眠など様々な症状を引き起こす。戦争トラウマと言われているものだ。七〇年以上過ぎた今も、戦争体験者の心をむしばんでいる。

本書の最後に登場いただいた砂川弥恵《すながわやえ》さんから連絡が来た。戦前、台湾に疎開していた父方の叔母（弥恵さんの兄の疎開先）の孫・里奈《りな》さん（四一歳）が、弥恵さんが親戚に配った冊子『母の遺言状』を読み、「このまま埋もれてしまうのはもったいないから、新聞に投書する」という内容だった。もちろん弥恵さんは、「若い人が関心を持ってくれた」と喜んだ。

　砂川弥恵さんの母・キクエさんの沖縄戦体験記である「遺言」を、いま多くの人に語り継いでいってほしい、家族や親族への遺言というだけでなく、次の世代への遺言だと思っていた私は、この知らせに接してとても嬉しかった。

　里奈さんがどんな方か会ってみたいと早速連絡をとった。里奈さんは「遺言」を今年（二〇一六年）四月、母から見せられた。

「二人の子どものいる母親として、『遺言』は親の目線から書かれている。辛くて言えないまま亡くなった人がいっぱいいる。多くの人が辛くて口に出せなかったなかで、こうして残っている、これはすごいことだ。たくさんの人に知ってほしいと思った」

早口で語り始めた。

三線《さんしん》を習っている里奈さんは「艦砲ぬ喰《く》えぬくさー（喰い残し）」を演奏するようになって、その意味を考えていた。五番の歌詞には「我親喰ゎたるあの戦　我島喰ゎたるあの艦砲　生まれ変わったとて忘るものか　誰があのざまを始めたか　恨んで悔やんでまだたりない　子孫末代まで遺言しよう　……」（訳詞・朝比呂志）とある。沖縄戦を生き抜いた人の思いを大切に生きなければいけないと思うようになった。

　里奈さんは「何かしなければいけない、と思っています。沖縄に来なければこんな思いにはならなかったでしょう」と言う。

県民の四人に一人が犠牲になった沖縄戦から七一年、戦後の米軍の軍事支配から本土復帰して四四年が経ったが、日本の〇・六%の土地にすぎない沖縄に依然として七四%の米軍基地が集中している。平和憲法と人権が保障されると願った沖縄県民の願いはいまだ、かなえられていない。米軍関係者による事件事故は絶えない。

五月一九日、沖縄中を震撼《しんかん》させるニュースが報じられた。語るのもおぞましい米軍関係者による若い女性の殺人事件だ。

本土復帰（一九七二年）から二〇一五年までの四三年間に、犯罪検挙件数は五八九六件。殺人、強盗、強姦、放火などの凶悪犯罪だけでも五七四件も起きている。ほぼ毎年凶悪犯罪が発生している。この三月にも那覇《なは》市で準強姦事件が起きたばかりだ。表に出ないレイプ被害などを含めれば件数はさらに膨れあがる。

こんな地域が他にあるのか？　米軍、軍属の事件が起こるたびに「綱紀粛正」「再発防止」が言われてきた。

「もうダメ、もう限界、基地ある限り絶えない。基地をなくさなければ」……これが県民だれもの思いだ。

この痛ましい事件のあと、地元紙や県幹部の口から基地の全面撤去の言葉が出るようになった。辺野古《へのこ》の新基地建設反対、高江《たかえ》へリパッド建設反対だけではなく、基地そのものの「撤去」というスローガンは一部の人々の叫びでしかなかった。いま「基地の全面撤去」が県民共通の願いとなりつつある。沖縄県民の闘いが新たな段階に突入したことを示している。

一昨年（二〇一四年）の沖縄県知事選では、辺野古新基地建設に反対する翁長雄志《おながたけし》知事が誕生した。イデオロギーを乗り越え、沖縄のアイデンティティーでの団結を呼びかけた翁長知事の訴えは、オール沖縄の闘いに発展し、さらに大きな質的変化を遂げようとしている。

七〇年にわたる沖縄の先人たちの苦難に満ちた闘いの歴史の上に、戦争に反対し平和を願う県民の新たな闘いのうねりが起こりつつあることを感じている。

本書『沖縄戦・最後の証言』は前作『沖縄戦「集団自決」を生きる』（高文研、二〇〇九年）の続編ともいえるが、今回は米軍基地ゲート前に座り込むという行動を起こした体験者の証言である。沖縄戦の体験が「基地をなくし平和のために」という願いともっと明確に実践的につながっている。

若い命が米軍属によって奪われた直後の出版では、遅すぎたかもしれない。

基地をなくし戦争のない日本と世界を実現するために行動する人が、一人でも増えてく

れることを願っている。

最後に、何度も何度もインタビューに快く応じてくださった、証言者の方々にお礼を言いたい。

森住 卓

森住 卓（もりずみ・たかし）

1951年生まれ。フォトジャーナリスト。日本写真家協会（JPS）、日本ビジュアルジャーナリスト協会（JVJA）会員。1994年より世界の核実験被爆者の取材を開始する。『セミパラチンスク』（1999年、高文研）で日本ジャーナリスト会議特別賞、平和・協同ジャーナリスト基金奨励賞、「Autoradiograph From FUKUSHIMA」（2016年）で視点展奨励賞を受賞。主な著書に『私たちはいま、イラクにいます』（共著、2003年、講談社）、『シリーズ核汚染の地球』（全3巻、2009年、新日本出版社）、『福島第一原発 風下の村』（2011年、扶桑社）、『やんばるで生きる』（2014年、高文研）、『やんばるからの伝言』（共著、2015年、新日本出版社）など多数。

構成・装幀　三村 淳

沖縄戦《おきなわせん》・最後《さいご》の証言《しょうげん》——おじい・おばあが米軍基地建設《べいぐんきちけんせつ》に抵抗《ていこう》する理由《りゆう》

2016年7月30日　初　版

著　者　森 住　卓
発行者　田 所　稔

郵便番号　151-0051　東京都渋谷区千駄ヶ谷4-25-6
発 行 所　株式会社　新 日 本 出 版 社
電話　03（3423）8402（営業）
03（3423）9323（編集）
info@shinnihon-net.co.jp
www.shinnihon-net.co.jp
振替番号　00130-0-13681

印刷　文化堂印刷 HBP-700　　製本　小泉製本

落丁・乱丁がありましたらおとりかえいたします。

JASRAC 出 1607062-601
ISBN978-4-406-06048-6　C0031　Printed in Japan

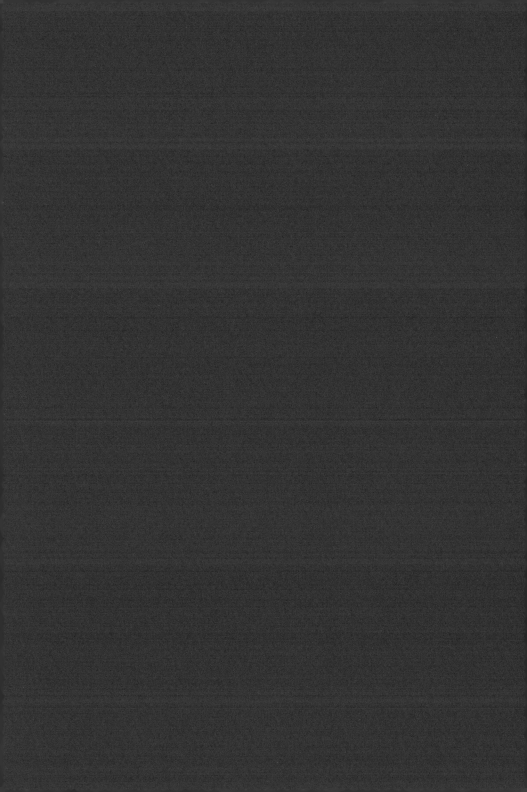